KB260496

우타타네 · 이자요이일기

김선화

제이앤씨
Publishing Company

『우타타네 · 이자요이일기』가 갖는 힘
: 그 번역 소개가 갖는 의의에 대하여 :

일찍이 안가몽잉시죠(安嘉門院四条)라 불린 하류 귀족의 딸이 있었다. 그녀가 집필한 단편의 여주인공은 이룰 수 없는 사랑에 고뇌하다 결국 자살을 결심하고 스스로 행방을 감추는데, 『겐지모노가타리(源氏物語)』의 우키후네(浮舟)처럼 방황 끝에 일시적으로 출가(出家)를 한 그녀는 이윽고 동쪽 지방으로 여행을 나선다. 통과의례라고도 볼 수 있는 그 편력(遍歷)을 당돌하게 끝내고 그녀는 교토로 돌아온다. 교토에서 그녀를 기다리는 것은 무엇일까 하는 기대를 독자로 하여금 품게 만들면서 여운을 남긴 채 결말을 맺는

다. 작자는 명확하게 자신의 경험을 토대로 하면서도 적극적으로 자작극을 연출하여 한 편의 이야기를 만들어 냈다. 이『우타타네(うたたね)』는 젊은 날의 감상에 젖어 있으면서도 기술적으로 고전(古典)을 짜 넣어 만들어낸 한 편의 중세 사소설(私小說)이다.

작자인 아부츠니(阿仏尼)는 가단(歌壇)의 중진인 미코히다리(御子左) 집안의 다메이에(為家)와의 사이에 낳은 아들 다메스케(為相)의 재산 상속의 정당성을 호소하기 위해 가마쿠라(鎌倉) 막부에 마지막 희망을 걸고 교토에서 출발하여 가마쿠라를 향해 머나먼 여행을 떠난다. 또 한 번의 동쪽 지방 여행은 또 다른 여행기를 만들어 내는 기회가 되었다. 그 작품인『이자요이일기(十六夜日記)』에는 가도(歌道)와 가문을 부흥시키고자 하는 각오가 기행문 형식으로 엮어가는 과정에서 문학 전통과 이어지는 기념비적인 작품이 되었다.

다메스케를 1대조로 모시는 레이제이가(冷泉家)는 순제이(俊成)와 데이카(定家)가 담당한 미코히다리(御子左) 가문의 고전문학의 전통을 방대한 고전 서책과 함께 계승한 유일한 집안으로 그 장서는『겐지모노가타리(源氏物語)』를 비롯하여 문자 그대로 일본 고전문학의 보고(宝庫)이기도 하다. 이러한 의미에서 아부츠니(阿仏尼)는 일본 고전의 장녀이면서 어머니라고 할 수 있을 것이다.

한 중세 여성—연모하고, 방황하고, 사랑하고, 배우고, 투쟁하는—그러나 무엇보다도 '글을 쓰는 여성'으로서의 아부츠니가 남긴 이 두 작품이 보여주는 뛰어난 간극(間隙)이야말로 가장 흥미로운 일본 중세문학의 한 단면이다. 그 사이를 그녀는 온 몸으로 부딪치며 활약하였다고 말할 수 있겠다.

이 두 작품이 상징하는 세계는 머지않아 다음 세대의 '글 쓰는 여성'에 의해서 하나의 작품으로 통합된다. 고후카쿠사잉니죠(後深草院二条)가 쓴 『도와즈가타리(とはずがたり)』가 그것이다. 모든 생을 바쳐 준비한 사람이 아부츠니이고 그녀가 남긴 작품 자체가 그녀의 성취점이라고 할 수 있다. 그 안에는 궁녀로서 살아갈 자신의 딸에게 남긴 교훈서 『니와노오시에(庭の訓)』도 포함되어 있다. 당시 일본에서 임금의 성은을 입어 왕자를 낳는 것이 여자의 이상이라고 했을 때, 어떻게 몸을 처신하며 재능을 발휘할 것인가 하는 이 교훈을 역설적으로 반전시킨 것이 『도와즈가타리』였다.

모노가타리사(物語史)를 보더라도 또 일기의 계보에서도 여성이

쓴 문학 전통이란 흐름에서 보더라도, 짧지만 아주 중요한 텍스트가 되는 『우타타네·이자요이일기』의 첫 한국어 번역에 도전한 김선화 교수의 그 시선 앞에 우뚝 솟은 목표는 『도와즈가타리』의 본격적인 소개와 연구이다. 그 성취를 위해 필수 불가결한 첫 걸음으로서 본 작품의 소개와 연구가 커다란 의의를 갖고 있음을 확신하는 바이다.

2010년 7월 1일
나고야대학 문학연구과 교수
아베 야스로(阿部泰郎)

목차

1부 우타타네(선잠)

2부   이자요이일기(十六夜日記)

≪서장(序章)≫ ··· 69

1 한글 표기는 원칙적으로 한글 맞춤법 규정안을 따랐으며, 인명이나 지명 등 고유명사는 특수한 경우를 제외하고 원작의 일본어 발음에 가깝게 한글로 표기하고 (   )에 한자를 넣어 원작과의 비교에 도움이 되도록 하였다. 단, 두 번째 경우부터는 한자표기는 생략하였다.

2 본문에서 사용한 문장 부호의 의미는 다음과 같다.

【 】 와카(和歌)에 해당하는 부분이다.

『 』 작품명을 의미한다.

〔 〕 우리말로 옮김에 있어서 작품 이해에 도움이 되도록 문장 속에 주석을 달아 설명한 부분을 의미한다.

우타다네 (선잠)

우타타네는 선잠, 얕은 잠을 뜻하는 일본어로 본문 중에 【짧은 밤에 임시거처의 잠자리에서 꿈을 꾸었다고도 할 수 없는 선잠의 덧없음이여!】에 의함. 이 작품은 젊은 날 사랑에 상처를 받아 인생을 방황하는 아부츠니 자신의 이야기를 그리고 있다.

우타라네 · 이자요이일기

황폐해진 정원에 내린 가을이슬

번민하는 마음의 위안을 삼으려는 것은 아니나 잠 못 이루는 밤의 동무가 되어 버린 달빛이 비추기를 기다리며 늘 그랬듯이 여닫이문을 열어놓은 채 홀로 밖을 내다보고 있었다. 황폐해진 정원에 내린 가을 이슬도 원망하는 듯 울어대는 벌레 소리도 이 모든 것이 마음을 아프게 하는 상처로 다가오기에 어지러운 마음속으로 흘러내리는 눈물을 억누르며 잠시 지난 일들 그리고 앞으로의 일들을 떠올려보는데 그렇게도 비참하고 허무하기 그지없었던 인연을 어째서 이토록 그리워하는지 내 자신이 한없이 원망스럽다.

변덕스러운 남자의 마음

　　꿈인지 생시인지 분간하기 어려운 첫날밤 이후 사랑의 방해꾼들이 꾸벅꾸벅 조는 틈을 노려 이목을 피하는 것조차 하지 않게 되었던가. 꿈과 같은 밀회가 거듭되어 단 하룻밤도 거르지 않아 습관처럼 되어버린 것을. 그러나 남자의 마음이 달개비〔길가나 풀밭, 냇가의 습지에서 흔히 자라는 한해살이풀로 이것으로 물들인 색이 쉽게 바래기 때문에 변화가 심한 사람의 마음을 일컬음〕의 색과 같이 변덕스러움을 이전부터 몰랐던 것도 아닌데 어떻게 마음을 빼앗기고 얼마나 깊이 물이 들었는지. 사리분별 없이 빠져들었던 내 마음의 망설임에는

【전부터 짐작하고 있었죠. 나중에 질릴 만큼 애통해하리란 것을〔『센자이슈(千載集)』恋三・다이켄몽잉(待賢門院)〕】

이란 노래처럼 되리라고는 일찍이 생각지도 못했다.

점점 단풍이 들기 시작한다. 근심 어린 내 마음은 가을바람이 차갑게만 느껴져 애잔하고 슬프기만 했는데 간혹 찾아주겠다고 약속했던 밤도 이젠 예전과 같지 않다. 자리에 누운 채 종소리를 애잔하게 듣고 있자니 살아 있다는 느낌도 없는데 이제 와서 새삼스레

【오지 않는 이를 기다리면서 밤이 깊어감을 알리는 종소리를 듣는 심정에 비하자면 새벽녘에 이별 시간을 재촉하는 닭의 울음소리는 아무것도 아니다. 〔『헤이케모노가타리(平家物語)』5권 츠키미(月見)〕】

라는 노래에서 말하는 기다리는 밤의 괴로움을 절절하게 느낄 수 있었다.

그렇다고 완전히 끝나버린 것도 아닌 두 사람의 만남은 특별히 예전과 다른 것은 없지만 여러 가지로 장애가 많은 가운데 10월이 되어 버렸다.

내렸다 그쳤다 하는 늦가을 비가 내릴 즈음의 하늘의 모습에 더더욱 내 소맷자락도 눈물로 마를 새 없는 심정이 되어 자나깨나

지울 수 없는 그리움에 괴로워하고 있었다. 예전과 달리 님이 전혀 찾아주지 않아 불안한 채 날짜가 지나가 버려, 둘 사이는 결국 여기까지구나 하는 기분이 들었을 때의 쓸쓸함은 그 무엇에도 비할 수 없이 서글프기만 하였다.

고류지 · 호콘고잉 참배

깊은 고민 때문에 불안해진 마음 탓인지, 갑작스럽게 우즈마사(太秦)의 고류지〔교토(京都)의 우쿄구(右京区)의 우즈마사(太秦)에 위치한 절. 성덕태자(聖德太子)의 명으로 건립되었다고 전해지며 귀천을 떠나 신앙이 두터웠음〕에 불공을 드리러 가야겠다고 결심한 것도 한편으로는 이상하게 생각되어 부처님께서 뭐라 생각하실지 부끄러웠으나, 어릴 적부터 불공드리러 다녔기 때문에 각별한 마음이 들어내 마음에서 생겨난 고민이지만 부처님께 호소를 올리고 싶었던 것이리라. 잠시 부처님 앞에 고개를 조아리고 있었다.

동행 한 사람들이 "비가 내릴 것 같아요. 빨리 돌아갑시다."라고 하기에 내키지 않지만 서둘러 절을 나왔는데, 절정에 다다른 호콘고잉〔교토의 우쿄구에 위치한 율종(律宗)의 절〕의 단풍을 그냥 지나치기

어려워 가마에서 내렸다. 절 난간 끝의 바위 위에 앉아 산을 바라

보니 단풍이 울긋불긋하고 푸르른 소나무에 걸려 있는 담쟁이넝

쿨의 색도 다른 곳과는 느낌이 달라 너무나 볼거리가 많아서 기타

야마(北山) 〔교토 북쪽의 후나오카산(船岡山)·기누가사산(衣笠山)·이와쿠라산

(岩倉山) 등의 그 일대 산을 일컬음〕 기슭에서의 우울한 생활은 잊어버렸

는지 자리를 털고 일어날 줄도 몰랐다. 때마침 바람이 불어 와

주위가 어수선해져 아쉬움을 남기며 자리에서 일어나려는데

　　【남 몰래 언약했던 그 사람과의 사랑의 약속들을 폭풍이

　　　　몰려 와 산산이 흩트려 놓으라고 바란 적도 없건만…】

이라고 생각하면서도 달리 아무것도 생각할 수 없는 한결같은 마

음인 듯하다.

위로받아 다시금 생각나는 괴로움

집에 돌아와서도 너무 괴로워서 자리에 누워 있는데 님에게서
온 편지라며 방안에 넣어 준 편지를 떨리는 마음으로 펼쳐보았다.
금방이라도 비가 내릴 것 같은 하늘의 우중충한 모습과 평소 왕래
가 뜸해 미안했음이 절절이 적혀져 있는데 그 먹의 농도와 필치도
참으로 훌륭했다. 그러나 늘 그렇듯이 님의 편지로 인해 오히려
마음이 어지럽게 동요되어 무슨 말을 이어나갈지조차 막막해진
탓에 무어라 답장을 드렸는지 모르겠다. 답장을 보낸 후 심란한
마음에 님이 보낸 편지를 곰곰이 읽어보고 있자니 평상시의 서운
함도 모두 잊혀져 버리는 것이었다. 다른 사람들에게 알려지기라
도 한다면 부끄러운 일이라 생각하며 읽던 편지를 내려두고

【이것이 흔히 말하는 '위로받아 다시금 생각나는 괴로움'

〔“위로받아 다시금 생각나는 괴로움”은 『쇼쿠고킨슈(續古今集)』恋四
・사이잉(西院)황후의 {내버려두면 잊을 수 있는데 위로를 받아 오히려
사랑으로 인한 괴로움을 떠올리게 되는구나}라는 와카(和歌)에서 나타
나는데, 이 와카가 게재된 가마쿠라 중기에는 유행어처럼 애용되었
음]인걸까. 편지 속의 다정한말들 때문에 오히려 더한층
괴로워져 눈물이 흐르는 구나】

사람들 눈을 피해 나를 만나기 위해 항상 지나다니셨던 길의
낯익은 하늘에도 어둠이 짙게 깔려 앞이 확실히 보이지 않음에도
약속을 어기지 않겠다는 증표로 들러주셨다. 한없이 꿈같은 기분
이 들었지만, 여태까지의 원망과 슬픔을 입에 올릴 수도 없어 그
저 알 수 없는 눈물만 흘릴 뿐이었다. 결국, 새벽이 되어버렸다.
베갯머리 가까이 들려오는 종소리가 멈추면 내 목숨도 그것으
로 끝이 날 것만 같은 기분이 들었다. 비몽사몽 간에 일어나 헤어질
때 소매를 적신 눈물은 더한층 원망스럽고 정말로 그분이 오셨었는
지 어떻게 해서 만났었는지조차 기억나지 않아 망연자실하고 있는
데 님은 믿음직스런 사람답게 항상 지나다니시는 그 길로 슬그머니
빠져나가신 것도 아무리 생각해도 꿈만 같은 기분이었다.

님과의 추억

그분의 정실부인이 평소 병을 앓고 계셨는데 결국 돌아가셨기 때문에 어수선해서 일 것이리라. 또다시 방문이 뜸해지는 것도 당연한데 약속을 어기고 오시지 않는 일이 이전보다 오히려 많아진 것 같아 서글펐다. 얼마나 상심이 크실까, 각별히 아끼시던 부인을 추모하는 마음은 오죽할까 라며 안타까운 마음으로 짐작만 하고 있었으나 『겐지모노가타리(源氏物語)』에 나오는 가오루(薫)님의 애인 고쟈이쇼(小宰相)처럼 "소중한 사람을 잃은 당신의 슬픔을 동정하는 마음은 누구에게도 뒤지지 않다고 생각합니다. 〔『겐지모노가타리』가게로(蜻蛉) 권〕"라고 말씀드리고 싶었지만, 도저히 그럴 처지도 못되어 울적하게 지내던 차에 모처럼 님께서 "덧없는 이 세상의 섭리를 직접 만나 이야기 나누고 싶구려."라고 소식을 주셨기에 여느 때처럼 잠자리에 들 무렵 울리는 종소리를 들으니 남몰래 님을 기다리게 되는 것도 생각해 보면 비참하기만 하다.

의지할 곳 없는 내 신세는 결국 어찌 되는 것인지 불안하기만 하고 사랑을 모르던 시절의 마음인 채로였다면 불안정한 사랑에 매달린 자책 때문에 이렇게 괴로워할 일은 없었을 텐데…. 이런 생각들이 꼬리에 꼬리를 물자 새삼스레 내 처지가 너무나도 가련하고 서글퍼 오늘 밤은 무뚝뚝한 태도로 대해 볼까도 생각했다. 여러 가지 생각을 하는 사이 늘 오시는 시간이 지나버려 어찌 된 영문인가 싶어 눈도 붙이지 못한 채 혼자서 이리저리 뒤척여가며 누워 있는데 항상 오는 사내아이가 왔는지 살그머니 문을 두드리는 소리가 났다. 침착함을 유지하고 있었는데 어찌 된 영문인지 살짝 바깥에 나가보는 내 자신이 싫기만 하였다.

달이 너무 밝아서 왠지 너무 경박한 기분이 들어 틈새 있는 울타리가 조금 구부러진 쪽으로 숨었는데『겐지 모노가타리』에 나오는 히타치노미야(常陸の宮)가 살던 곳이 연상되어〔『겐지모노가타리』스에츠무하나(末摘花) 권에서 히카루 겐지와 도노츄죠(頭の中将)가 각기 히타치노미야의 집에 숨어드는 장면을 말함〕"그런 곳에 숨어있다니『달님이

들어가는 산을 알고 싶어서』라며 겐지의 뒤를 밟은 도노츄죠인
줄 알았는데 그대였다니 예상이 빗나갔군요."라시며 다가오는 님
의 모습은 실로 "어느 마을 할 것 없이 사방을 비추는 달빛을 바라
보기는 해도 그 달이 저물어 들어가는 산을 일부러 찾아가는 사람
이 있을까요."라고 한 히카루겐지 님의 용모에 비견될 정도로 훌
륭하게 느껴졌다. 이후에도 계속 생각나 아무리 그래도 가끔은 님
도 생각하실 때가 있겠지 라며 나 혼자서만 이것저것 생각하고
있자니 내 스스로도 부끄러운 마음이 들 때가 많았다.

밀려오는 슬픔

12월이 되어버렸다. 하늘이 컴컴해지며 눈이 내리고 바람도 세차게 불던 어느 날 평소보다 일찍 주변의 격자문을 내리고 두세 명의 사람들과 이야기를 나누는데 밤도 상당히 깊었다며 모두들 잠이 들었으나 좀처럼 잠을 이룰 수가 없어 살그머니 일어나 나가보니 저녁나절에는 구름에 가려 있었던 달이 뜬구름에도 가려지지 않고 산 끝자락 가까이서 희미하게 보이는 것은 초이레의 달이었다.

님과 마지막으로 만났던 밤도 바로 초이레 달이 떴던 때였었지라는 생각이 들자 마치 그때와 같은 기분이 들고 지금은 또렷하게 떠올릴 수도 없게 되어버린 님의 모습조차 마주 대하고 있는 것만 같았다. 순간 밀려오는 슬픔 때문에 흐르는 눈물로 달도 보이지 않고 부처님의 환영을 본 것인가 하는 생각에 부끄럽기도 하고 마음 든든하기도 했다.

점점 시간은 흘러도 참고 견뎌낼 만한 마음도 들지 않고 근심만 더해지니, 그냥 마음을 정하면 간단한 것을 하고 자연스럽게 출가할 결심이 선 것은 좀 전의 꿈에 부처님이 보였던 효험 때문인가 싶어 기뻤다. 그러나 "결국 이렇게 마음을 정했다."라고 말할 수 없는 등 슬픈 일이 여러 가지로 많았다.

잘라낸 머리카락

　화창한 봄 날 그동안 마음 내키는 대로 이것저것 적어두었던 종이 등을 없애버리면서 님에게서 받은 편지를 꺼내 읽어보니 매화나무 가지에 꽃봉오리가 맺기 시작할 무렵부터 시작하여 초목이 시드는 겨울이 끝이 날 때까지 그때그때의 억누르기 어려웠던 감정을 구구절절이 써서 주고받아 쌓여있는 편지도 이것으로 마지막이라고 생각하자 감개무량해졌다. 이 편지는 언제 적이었던가. 분명히 평상시보다도 눈길을 끄는 편지였을 것이다. 그러는 사이 이쪽 방의 주인이 "오늘 밤은 너무 쓸쓸하여 왠지 두려운 생각이 드니 여기서 함께 주무시지요."라 하여 내방에도 돌아가지 못했다.

　성가셔졌다고 생각하였으나 엄청난 일을 마음속으로 정하고 있는 자신이 스스로도 무서워 "내 방으로 돌아가고 싶다."고 말하지도 못하고 그곳에서 잤다. 방 안의 모든 사람들이 잠들었을 무렵 살그머니 방을 나왔더니 등불이 희미하게 빛나고 있었다. 사람들이 깨지 않을까 대단히 두려웠으나 단 한 장의 후스마(襖)〔나무로 뼈대를 조립하여 양쪽 면에 종이나 천을 붙인 미닫이 문〕를 사이에 둔 방이라서 그곳에 낮부터 준비해 둔 가위, 상자의 뚜껑 등을 바로 찾아낸 것이 몹시 기뻤다. 드디어 머리카락을 자르려고 손으로 머리카락을 갈랐을 때는 저절로 두려운 마음이 들었다.

잘라낸 머리카락을 상자에 넣어 미리 써둔 편지 등도 빠짐없이 챙겨 놓아두려고 하는데 왔던 문쪽에서 희미하게 등불이 새어 들어와 사용했던 벼루에 덮개가 덮여 있지 않은 것이 보였다. 그것을 끌어당겨 잘라낸 머리카락을 싼 미치노쿠니 종이〔원래 미치노(陸奧)지역에서 생산되었기 때문에 미치노 쿠니 종이라고 함. 단시(檀紙)의 별칭으로 참빗살나무의 껍질로 만든 두껍고 쭈글쭈글한 일본 종이의 하나를 말함〕 끝부분에 짤막하게 생각나는 것을 적었는데 바깥 등불의 빛 때문에 쓴 글자 모양도 잘 보이지 않는다.

【한탄하며 급물살이 흐르는 강바닥으로 몸을 내던져 거

기가 어딘지조차 모른 채 죽어서도 혼이 떠돌아다닐 거라고 생각하면 참으로 서글프다. 〔이 노래는『겐지모노가타리』의 우키후네(浮舟) 권과『사고로모모노가타리(狭衣物語)』1권 등의 영향을 받음〕】

투신자살을 하려고 생각했던 것일까.

니시야마를 향해서 가다

지금 당장에라도 집을 나가고 싶은 생각이 들어 살그머니 바깥 문을 열었더니 그믐이라 달도 없는 하늘에 비구름까지 드리워져 겁이 날 정도로 너무 어두운데다 밤도 깊어 숙직을 하는 사람조차도 순찰하며 소리를 내는 것이 들려와 번거로웠다. 이러다가는 사람들에게 들키는 것은 아닐까 두려워 원래대로 방에 들어가 자리에 누웠는데 옆의 동료는 미동도 하지 않는다.

보통 숙직을 하는 사람은 날이 채 밝기 전에 문을 열고 나가는 것이 관례이므로 그때를 가만히 기다리고 있는데 마침 오늘 밤은 일찍 문을 열고 나가는 소리가 들려서 살그머니 집을 나섰지만 가고자 하는 곳의 길도 확실히는 모른다. 이곳도 미야코〔천왕의 궁궐이 있는 곳이란 뜻으로 도읍·수도(首都)를 일컬음. 당시의 교토(京都)를 말함〕

가 아니라 기타야마의 산기슭이기에 인적은 많지 않다. 나무 아래에 드리운 어두운 그늘을 따라 전에 봐두었던 산길을 혼자서 꿈결처럼 걸어가는 것은 몹시도 두려웠다. 산골 사람들 눈에도 수상하게 보이지 않으려고 괴이한 상태로 걷고 있는 내 모습은 완전히 현실적인 모습이라고는 생각되지 않았다.

그런데 목적지인 비구니 절은 니시야마(西山)〔교토 서부의 남북으로 뻗은 산지. 아타고산(愛宕山)·아라시산(嵐山) 등을 가리킴〕 산기슭이라서 대단히 먼 데다 밤부터 내리기 시작한 비 때문에 날이 밝을 무렵에는 옷도 흠뻑 젖을 정도였다. 고향인 기타야마의 거처로부터 사가(嵯峨)〔교토시 우쿄구의 지명〕 근처까지는 멀리 내다보일 정도로 가로막힌 곳도 없는 길이어서 아무 지장 없이 도착했다.

산길을 헤매다

날이 서서히 밝아오자 내 모습을 수상쩍게 바라보는 행인도 있어 여러모로 성가시고 언짢았는데 태어나서 이런 경험은 처음이었다. 이왕 이 세상을 버리기로 결심한 몸이므로 발 가는 대로 빨리 산속으로 들어가려고 조금도 쉬지 않고 걸었더니 힘에 겨워 죽을 만큼 견디기 힘들었다. 아라시산의 산기슭 가까이를 걸을 무렵 비가 점점 더 세게 쏟아져 건너편 산을 보니 구름이 겹겹이 에워싸어 앞도 보이지 않았다. 간신히 호린사(法輪寺)〔교토시 사이쿄구(西京区) 아라시산에 위치한 진언종의 사찰〕 앞을 지났는데 결국에는 산길을 헤매게 되어 정말 어찌할 바를 몰랐다. 아깝지 않은 목숨이지만 지금으로서는 쓸쓸하고 서글프다. 비가 심하게 쏟아지는 데다 서글픈 눈물마저 더해져 왔던 길도 나아가야 할 길도 보이지 않았다. 필설로도 표현할 수 없는 막다른 목숨이로구나 생각하자 몸이 흠뻑 젖을 정도로 눈물이 흘러내려 이세(伊勢)〔옛 지명의 한 곳으로 현재의 미에현(三重県)〕의 바다에 잠수한 해녀보다 더 젖어 있었다.

가츠라 여인들의 인정

정말로 먼 길로 돌아서 와버린 탓에 소나무 사이로 부는 황량한 바람을 든든한 사람이라도 되는 듯 의지하고 있는데 이쪽도 미야코에서 온 듯한 여인들이 도롱이를 걸치고 이야기를 하면서 다가오고 있었다. 비슷한 또래의 소녀와 이야기를 하고 있는 것 같았다. 이들이 바로 가츠라(桂) 〔가츠라는 현재의 교토시 우쿄구의 가미카츠라(上桂), 가츠라 마치(桂町) 주변을 일컬음. 여기에서는 가츠라 마을에서 물건을 팔러 나온 여자를 가리킴〕 마을 사람인 것 같았는데 바로 옆으로 다가와서 "누군지는 몰라도 안타깝기도 하여라. 당신은 누군가의 손길을 피해 도망쳐 나온 것입니까? 아니면 싸움이라도 한 것입니까? 어찌하여 이 세찬 비를 맞으며 이런 산속에 들어오게 되었습니까? 어디에서 어디까지 가시는 길입니까? 참으로 괴이한 일입니다."라며 떠들어댔다. 무슨 생각에서인지 때때로 혀를 차가며 "가엾어라, 가엾어."라고 반복하는 것이 고마웠다.

계속해서 내 사정을 물어 와서 "나는 사람들에게 원한이 있는 것도 아닙니다. 싸움 같은 것을 벌인 것도 아닙니다. 그저 생각하는 바가 있어 이 산속을 찾아와야 할 연유가 있어서 밤중에 나섰는데, 비도 심하게 퍼붓는데다 산길이라 길을 잃어버려 왔던 방향은 물론 어디로 가야 할지도 알 수 없게 되어 죽는 게 아닌가 싶어 여기서 서성이고 있었던 것입니다. 가능하시다면 그 근처까지 데려다 주시지 않겠습니까?"라고 하자 더더욱 불쌍히 여겨 손을 끌어당겨 이끌어주는 깊은 인정은 부처님의 인도인 것 같아 기쁘고 고마웠다. 이윽고 나를 목적지까지 안내해준 후 여자들은 돌아갔다.

출가

받아들여 준 곳에서도 내 모습을 보고 기가 막히고 괴이하다며 놀란 이가 많았겠으나 가츠라의 여인들이 베풀어준 인정에 조금도 뒤지지 않았다. 여러모로 보살핌을 받고 있는 동안에 산길에서는 겨우 정신을 차리고 있었지만 안심하고 휴식을 취하자마자 완전히 의식을 잃어 얼마 동안은 일어나지도 못한 채 아무것도 할 수 없는 상태로 드러누워 있었다. 미야코의 친지 등이 뜻밖에도 내가 있는 곳을 알고 찾아 와 3일 가량은 이래저래 지장이 있었으나 한결같이 바라던 출가를 하고 나니 지금까지의 괴로움도 기쁘게 생각되었다.

그런데 이곳 비구니 절은 괴로운 일이 많은 이 세상에도 이런 곳이 있구나 싶은 생각이 들 만큼 한적하고 이상적이었다. 불도

수행이 몸에 밴 비구니들이 저녁과 새벽의 알가(閼伽)〔산스크리트인 아르가(argha)의 음을 딴 말로 아가 또는 알가수(閼伽水)라고도 함. 육종공양(六種供養) 가운데 하나인 알가는 특히 향화(香花)가 들어 있는 물로 삼업(三業)이 깨끗해지고 번뇌를 씻어내는 효험이 있다고 믿음. 불교의식에서 불도(仏道)를 수행하는 사람의 정수리에 이 물을 부어 수행의 공을 증명하기도 함〕를 정해진 시간마다 올리고 이곳저곳에서 울리는 진령소리를 듣고 있자니 이러한 곳에 오지 않고 그대로 생을 마감했다면 어떠했을지 하는 생각이 들어 왠지 오랫동안 쌓이고 쌓인 스스로의 죄의 두려움에 몸 안이 불타오르는 것 같은 느낌이었다.

고향집 정원에 하나 가득 슬픔을 알렸던 가을바람이 이곳에서는 법화삼매〔법화경을 꾸준히 읽어서 그 묘한 이치를 깨닫는 일〕소리가 메아리치는 산봉우리의 송풍과 더불어 불어오고, 상념에 빠져 출입문에서 사랑하는 이의 모습이라 여기며 바라보았던 그 달님이 지금은 영취산〔인도에서 부처님이 중생들에게 설법했다고 전해지는 산〕의 구름 저 너머로 마음을 전해주는 전령이 된 것이었다.

【이달은 석가모니가 생을 버리고 설법을 전파하셨던 영 취산에 떠오른 불법의 진리를 상징하는 달이었는데 누구

라 생각하며 밤이면 밤마다 그리워했던 것일까】

# 의지할 곳 없이 떠도는 내 신세

　이리저리 흔들리며 상념에 젖어버려 정신을 잃고 헤맸던 탓에 세상의 이야깃거리가 될 듯하다. 뜻밖에 의지할 곳도 없이 떠도는 내 신세를 가끔은 스스로 가라앉히고 생각할 때가 있다. 이 무상한 현세에서 꾸는 꿈속에서의 한탄뿐만이 아니라 저 세상에까지 이어질 기나긴 번뇌를 생각하니 참으로 서글퍼진다. 그런 마음은 그렇더라도 역시 습관처럼 님을 생각하고 있었던 석양 무렵, 바깥을 응시하는 내 마음에 더불어 생기는 격한 원망과 탄식이 흘러넘쳐 어찌할 도리가 없다.

　그 마음을 문장으로 적다 보면 조금 진정이 될까 싶어 남몰래 적어보았으나 결국 그것은 눈물을 부르는 씨앗이 될 뿐이었다. 그래도 이따금 형식적으로나마 나를 잊지 않았다며 그다지 진심 어리지는 않지만, 소식을 보내주었기에 그것에 의지하며 덧없는 목숨을 오늘까지 이어왔는데 야속한 사람의 무정한 거짓말에 완전히 익숙해져 버린 탓일까. 님과 같은 세상에 있다는 생각도 들지 않을 만큼 사이가 멀어져 가까이 있어도 아무 소용없구나 하는 마음에

【님과의 소식도 끊겨 미치노쿠(陸奥)의 비석〔원문의 미치노쿠노츠보노이시부미(陸奥の壺の碑)란, 사카노우에노다무라마로(坂上田村麻呂)가 에조(蝦夷)정벌 때, 활 양끝의 시위를 거는 부분인 활고자로 일본중앙(日本中央)이라 써서 세웠다고 전해지는 비석을 일컬음. 지금의 아오모리현(青森県) 가미기타(上北) 군 부근이라 추정됨. 와카 등에서 자주 읊어지는 명소로 유명〕만큼 머나 먼 사이가 되어버렸구나】

라 읊었다.

야속한 님

　며칠째 계속 내린 비의 여운 때문에 춤추듯 흔들리는 구름 사이로 뜬 초저녁 달빛을 바라보자니 "새벽녘에 떠오른 달을 바라보니, 내 마음을 아프게 하는 냉담한 연인이 더욱더 그리워진다. 〔『겐지 모노가타리』 사카키(賢木) 권〕"에서 말하는 새벽은 아니지만 야속한 님이 공교롭게도 애절하게 생각이 나서 바깥쪽 여닫이문을 당겨 닫았으나 문 근처를 흐르는 좁은 냇물이 불어난 것인지 평소보다 물 흐르는 소리가 크게 들리는 듯한 기분이 들었다. 어느 해였던가. 이 내에 홍수가 났을 때 남몰래 거친 물살을 가르고 만났던 일 등이 어제 일처럼 떠올라

　【생각해 내는 사이에도 가슴이 두근거린다. 불행한 관계의 두 사람 사이를 가로막으며 흐르고 있는 강물이여】

라 읊었다. 황폐해진 정원에서 솜대[〈식물〉 높이는 10미터 정도. 참대보다 가지는 가늘게 갈라지고 마디는 더 높이 솟음. 잎은 피침 모양이고 가지 끝에 1~5개씩 달림]가 조금씩 바람에 흔들리는 것조차도 괜스레 원망을 자아내는 것인가.

【흔들리는 솜대를 바라보며 지나온 시간을 떠올려 보자
니, 한스럽지 않은 때는 한순간도 없을 만큼 괴로운 기억
뿐이로구나】

마침 기회가 있어서라는 식으로 님에게 편지를 드렸으나 "세상 사람들 눈이 신경이 쓰여서 생각은 하면서도 오랫동안 소식 전하지 못하였습니다. 적당한 기회도 없어 들르지도 못한 채"라고 아무렇게나 적혀 있는 것이 몹시 가슴이 아파서

【내가 죽어 연기가 된 후의 하늘의 구름조차도 그 사람은
이목이 꺼려진다 하면서 어차피 쳐다봐주지도 않을 것이
다】

라 생각했지만, 마음속으로 생각만 하고 보내지 않은 것은 참으로 안타까운 일이었다.

선잠의 덧없음이여!

그 무렵 몸 상태가 나빠져 위중한 상태였다. 이곳 비구니 절에서 만약 무슨 일이라도 생긴다면 큰 폐가 되므로 생각지도 않았던 연고가 있어 오타기〔현재의 히가시야마구(東山区) 고마츠쵸(小松町) 주변의 지명. 이곳에는 헤이안 초기부터 오타기절(愛宕寺)이 있어 귀족들의 신앙도 두터웠음.〕 근처에 자그마한 숙소를 구해 옮기기로 했다. 이런 사정이라도 그분께 알리고 싶었으나 묻지도 않는데 알리는 것도 이상한 것 같아 그러지도 못하고 울면서 수레를 타고 대문을 나서는 순간 앞서가는 수레가 있었다.

벽제(辟除)〔지위가 높은 사람이 행차할 때, 행차에 앞서서 행인들이 길을 비키게 하던 일〕 소리도 우렁차고 행렬의 전방을 선도하는 사람들도 장엄해 보여 어떤 분이실까 하고 자세히 눈여겨보았더니 남몰래 원망해 오던 바로 그 님이었다. 낯이 익은 수행원 등 님이 틀림없었다. 여기에 이렇게 있을 거라고는 생각도 못하시겠지만 괜스레 수레 안에 있어도 스스로가 부끄럽고 초라하게 느껴지면서도 이렇게 또다시 님을 알아보고 배웅해 드리는 것이 매우 기쁘기도 하고 슬프기도 하여 이래저래 가슴이 진정되지 않았다. 결국, 이쪽과 저쪽으로 수레가 엇갈렸을 때는 정말이지 뒤만 돌아보고 싶어져 마음이 허전했다.

그 오타기 근처의 숙소에 당도했는데 전에 들었던 것보다 허술하고 미덥지 않아 보여 참으로 견디기 어려울 것 같은 곳이었다. 해가 저문 하늘도 평소보다 훨씬 허전하고 슬프게 느껴진다. 밤새워 이야기를 나눌 만한 벗도 없어 편안하지 않은 허술한 요 위에 홀로 누웠는데 도저히 안심하고 잠 들 수 없다.

【짧은 밤에 임시 거처의 잠자리에서 꿈을 꾸었다고도 할
　수 없는 선잠의 덧없음이여!】

며칠이 흘렀으나 찾아오는 사람도 없이 허전한 마음으로 손에 꼭 쥔 불경만이 그나마 든든한 벗이었다. '세상에 변화없이 늘 그대로인 것은 아무것도 없다(世皆不牢固)'라는 법화경의 경문의 한

구절을 열심히 떠올리는 것만이 이 괴로운 세상의 꿈을 스스로 진정시키는 방편이었다. 죽는 날이 오늘이 될지 내일이 될지 불안한 채로 4월이 되었다.

황폐한 내집 정원으로 돌아가다

기다리던 음력 16일 밤의 달〔해가 저문 후 조금 늦게 마치 주저하는 듯 망설이는 듯이 떠오르는 달〕이 떠올라 가까이에 있는 창의 덧문도 내리지 않고 물끄러미 밖을 내다보고 있자니 허술한 울타리의 풀에도 둥근 달 그림자에도 장소가 장소다보니 애틋한 애환이 느껴진다.

【풀잎에 맺힌 이슬처럼 덧없는 목숨이 끊어지길 기다리

　　는 임시 거처에 쓸쓸하게도 달님이 머무는구나】

어디서 불고 있는 것인지 희미하게 피리 소리가 들려왔는데 문득 님 곁에서 들었던 피리 소리인 것만 같은 착각이 들어 갑작스레 가슴이 답답해져서,

【찾아주기를 늘 기다리고 있었던 기타야마에 살던 때에

도 찾아주지 않았는데 이런 곳에까지 생각이 미칠 리가 있겠는가】

그런데 아직 죽을 때가 되지 않았는지 괴로움을 견뎌내며 점점 병세가 호전되어 언제까지나 이곳에 머무를 수는 없지 싶어 또다시 고향인 기타야마로 돌아가게 되었다. '소나무가 나를 보고 아직도 살아 있는가 라고 생각하는 것도 부끄러우니까. 〔「어떻게든 내가 건재하고 있음이 알려지지 않게 하자. 장수(長壽)의 상징인 다카스나고(高砂)의 소나무가 나를 보고 아직도 살아 있는가 라고 생각하는 것도 부끄러우니까」(『고킨로쿠죠(古今六帖)』)에 의함]'에 나오는 소나무는 아니지만 내 집 뜰에 있는 나무의 가지 끝조차 어쩐지 부끄럽게 느껴졌다.

【이런저런 죽을 만큼 괴로웠던 시간을 보내고 또다시 살아서 황폐한 내 집 정원으로 돌아가리라 생각이나 했겠는가!】

"이끌어주는 물이라도 있다면"

한탄하는 사이 시간이 덧없이 흘러 가을이 되었다. 긴 가을밤을 근심으로 지새우는데 멈출 줄 모르는 다듬이질 소리와 잠자리 가까이에서 어지럽게 들려오는 귀뚜라미 울음소리마저 이런저런 상념을 불러일으켜 잠을 깨우기에 벽을 향해 있는 등불만을 벗 삼아 날이 밝아오기를 기다리는데 마음은 진정이 안 되고 끊임없이 흐르는 눈물은 '창문을 치는 빗방울'보다도 격하게 흘러내린다.

너무 고민에 빠져 어찌할 도리가 없는 마음의 위안으로 "이끌어주는 물이라도 있다면.〔「이렇게 생각대로는 되지 않고 정말로 내 자신이 싫어지는데, 뿌리 없이 물에 떠 있는 풀처럼 이끌어주는 물이라도 있다면 어디든지 흘러가리라 생각한다」(『고킨슈(古今集)』雜下. 오노노코마치(小野小町))에 인용〕"하고 밤낮으로 입버릇이 되어 버렸는데 그즈음 양아버지라고

나 할까, 의지가 되는 돈독한 관계의 어른이 도오토미[옛 지명으로, 현재의 시즈오카현(静岡県) 서부]라던가. 듣기만 해도 먼 길을 무릅쓰고 미야코에 참배 드리러 올라오셨다. 이런저런 이야기를 하던 중 "이렇게 쓸쓸하게 있기보다는 시골 생활이라도 즐기면서 마음을 달래도록 하시게. 그곳 역시 소란스러운 일도 없어 마음을 진정시키려는 사람에게는 좋은 곳이에요."라며 진심으로 권해주셨다. 막상 단념하고 멀리 떠나려고 하니 미야코에 대한 미련인지 어딘가를 그리워하는 마음인지 쓸쓸하게 이런저런 생각으로 고민했지만, 하다못해 거처라도 바꾸어 다른 사람이 되어 보자고 생각하면 슬픔이라도 잊을 실마리가 되지 않을까 싶어 막연하게 결심했다.

미야코를 떠나는 슬픔

떠나야 할 날이 되었다. 날이 밝기 전에 출발하려고 했으나 10월 20일을 넘은 시기라서 동틀 무렵의 달빛도 대단히 허전하고 바람 소리도 서글프게 몸을 파고드는 기분이 들었다. 사람들은 모두 일어나 떠들썩한데 남몰래 내 마음속으로 앞으로 어떻게 떠돌아다닐 내 신세일까 싶었다. 지금에 와서는 불안으로 가득하지만 그렇다고 해서 멈출 수도 없기에 길을 나섰는데 가는 도중에도 눈물이 앞을 가려 서럽고 슬픈 이 마음을 무엇에 비유해야 할지 몰랐다.

이윽고 오사카산(逢坂山) 〔교토부(京都府)와 시가현(滋賀県) 경계에 자리한 산. 325m〕이 나왔다. 유명한 '세키노시미즈(関の清水)'란 약수도 끊임없이 흐르는 내 눈물과 같이 여겨졌다.

【좀처럼 넘기 힘든 오사카산의 세키노시미즈란 약수가 나에게는 이별을 견디지 못하고 흐르는 눈물인 것 같다】

오오미(近江)의 노지(野路)〔시가현 구사츠(草津)市〕라는 곳에 이르자 어두컴컴해지면서 비가 내리기 시작하였다. 미야코 쪽 산을 뒤돌아보니 흐릿해서 형태도 보이지 않았는데 이대로 멀어져 가는 것이 한없이 서글퍼진 나머지 어째서 길을 나설 결심을 한 것인지 한없이 한스러워 결국 소리 내어 울고 말았다.

【머물러 지내기 힘들어 떠나온 고향이지만 이렇게 여행 복장을 입고 길을 나선 것이 한스럽기만 하다】

스노마타강의 소란

길을 가는 도중 눈길이 멈추는 장소들이 많이 있었지만 "여기는 어디"라고 마음 편히 물을만한 사람도 곁에 없이 이름 모를 들과 산들을 그저 지나치며 묵을 곳도 모른 채 일행이 가는 대로 꿈속에서 헤매듯이 따라갔다. 날이 지남에 따라 익숙하지 않은 시골의 긴 여정에 수척해진 몸은 마치 내 자신이 아닌 듯한 기분이 들었는데 그러던 중 미노(美濃)〔현재의 기후현 남부〕와 오와리(尾張)〔현재 아이치현(愛知縣) 서부에 해당〕의 경계에 당도했다.

스노마타〔기후현(岐阜縣) 아하치군(安八郡)에 위치〕인가 하는 굉장히 큰 강이 있었다. 왕래하는 사람들이 모여들어 쉬지 않고 나룻배가 강을 건너 매우 시끌벅적 소란스러운데다 무서울 정도로 커다란 소리로 떠들어대고 있었다. 일행들이 겨우 모두 강을 건너 가마나

말이 오는 것을 기다리고 있는 사이 강기슭에 내려가 잠시 멈추어 서서 곰곰이 지금까지 걸어온 방향을 바라보고 있는데 볼썽사나울 정도로 미천한 사내들이 무엇인가 더러워 보이는 짐들을 배에 싣다가 무슨 영문인지 심하게 말다툼을 하는 와중에 어떤 사람이 쓰러지면서 강물 속으로 빠지는 등 보지 못했던 소동이 벌어져 몹시 두려워졌다.

이런 나루조차 건너버리면 미야코와는 아주 멀어져 버리기에 더더욱 눈물이 흘러내려 견딜 수 없었다. 미야코에는 언제 돌아갈 수 있을지조차 알 수 없어 마음은 불안하고 떠나온지도 얼마 되지 않았는데 미야코에 남아 있는 이들의 앞날도 신경이 쓰이고 그립기도 하였지만 여기는 스미다강(隅田川)도 아니라서 미야코에 있는 이들의 안부를 물으려 해도 붉은 부리 갈매기도 보이지 않는다. 〔「미야코새여, 너는 미야코라는 이름을 가지고 있는데 그럼 물어보자꾸나. 미야코에 있는 내 그리운 님은 살아 있는지 어쩐지.」(『이세모노가타리(伊勢物語)』제9단)〕

【나리히라를 떠올리며 붉은 부리 갈매기를 그리워하여도 모습도 보이지 않고 흔적도 없는 강 물결에 홀로 미야코를 그리며 울어나 볼까】

나루미 · 야츠하시 · 하마나

오와리 지역으로 들어서고 나서는 커다란 강이 많이 있다. 나루미〔나고야(名古屋)시 미도리구(綠区)에 있는 지명. 조수간만의 차가 심해 간조 시 갯벌이 넓게 펼쳐지는 것으로 유명함〕 포구의 갯벌은 소문으로 듣던 것보다 흥미로운 풍경이었다. 물새들이 이리저리 무리를 지어 날아다니고 어부들이 제염 작업을 위해 만든 오래된 제염용 가마솥 몇 개가 제각각 찌그러져 있는 모습이 못 보던 것이라서 진귀하게 느껴지는데 근심걱정 없이 미야코의 벗과 함께 온 것이라면 좋으련만 하면서 남몰래 마음속으로만 괴로워하였다.

【이것이 그 말로만 듣던 나루미 포구인가. 도대체 내 신세가 어찌 되어 가는 것인지 그리운 미야코에서 멀어져 이런 곳까지 오게 된 것인가】

미카와(三河)〔지금의 아이치현 동부지방〕의 야츠하시〔아이치현 지류시(知立市) 동부의 지명. 아이즈마(逢妻) 강의 남쪽 해안에 위치〕라는 곳을 보았는데 이것도 예전과는 달라져 버린 것인지 다리가 그저 한 개만 보일 뿐이었다. 제비붓꽃이 많은 곳이라고 들었으나 주변의 풀도 전부 시들어버린 시기인 탓인지 비슷한 것도 없다. 옛날 나리히라(業平)〔아리와라노 나리히라(在原業平). 헤이안 전기의 가인(歌人). 『이세모노가타리(伊勢物語)』의 주인공으로 여겨지며 대표적인 미남으로 불리었음〕가 여기에서 "멀리멀리 왔구나."라고 한탄했던 것이 떠올랐는데 그에게는 "미야코에 그리운 아내가 있어서"였다면 그럴 수 있겠다 싶어 약간 흥미가 생겨났다. 미야코를 떠나 온 지 한참 만에 목적지 도오토미에 당도했다. 하마나〔하마나코(浜名湖). 시즈오카현(静岡県)에 위치한 담수와 해수가 만나 이루어진 호수〕의 포구는 흥미로운 곳이었다. 거친 파도가 넘실대는 바닷물과 조용한 호수가 만나는 경계에 저 멀리까지 이어지는 소나무들의 풍경은 그림으로 그리고 싶을 만큼 아름다웠다.

초라한 양부의 집

　도착해보니 여기저기의 매우 초라한 집들 가운데 양부의 집도 마찬가지로 초가지붕이고 어쨌든 좁지는 않았지만 빈약한 갈대 울타리를 보더라도 오래 머물기 힘든 허술한 곳이었다. 정말이지 "궁궐도 초가집도 마찬가지[「세상사 이런들 저런들 결국에는 마찬가지이다. 궁궐이든 초가집이든 영원히 살 수는 없으니」(『신고킨슈(新古今集)』雜下 세미마루(蟬丸)에 의함]"라 생각하지만 이래서 "오히려 살기 편하다."고는 도저히 말할 수 없을 것 같다. 뒤편은 소나무 숲이고 앞쪽에는 커다란 강이 완만하게 흐르고 있었다. 바다가 매우 가까이에 있어 하구의 파도소리가 바로 근처에서 들려오고 밀물이 들어 올 때는 이 강물이 역류해 흐르는 것처럼 보이는 등, 풍경의 변화가 있어 대단히 흥미로웠으나 어찌 된 영문인지 마음이 끌리지 않고 날이 갈수록 미야코를 향한 그리움만 더해져 낮에는 종일 멍하니 시간을 보내고 밤에는 밤새도록 시름에 잠겨 있었다. 베갯 머리맡으로 밀려오는 듯한 해안의 거친 파도소리에 미야코로 통하는 꿈속의 통로도 완전히 끊겨버릴 것만 같았다.

【내 마음 탓에 이렇게 객지 잠을 자며 한탄한다 하여도 미야코로 통하는 꿈만이라도 꾸게 해다오. 바다의 흰 파도여】

후지산이 매우 가깝게 보였다. 눈이 매우 하얗고 바람에 나부끼는 연기 끝자락도〔「바람에 흔들리는 후지의 연기가 하늘에 흩어져 사라져 가는데 그것은 바로 어찌 되어 가는지 알 수 없는 내 마음의 불이리라.」(『신고킨슈』雜中·사이교(西行))〕꿈꾸는 듯한 기분이 들어 정취가 있는데 "후지산의 안개보다도 더할 나위 없는 것은 나의 마음〔「후지의 봉우리의 산연기도 높은 봉우리 위에 더욱 높게 피어오른다. 더할 나위 없이 마음속에 간직해 괴롭게 타오르는 것은 연모라는 불일 것이다.」(『신고킨슈』恋二·이에다카(家隆))〕"이라며 후지산을 얕보는 내 마음은 스스로도 놀라웠다〔후지산이 고대부터 신 혹은 신령이 머무는 곳으로 신격화, 신성시됐던 사상이 근저에 깔렸음〕. 가이(甲斐)의 시라네산(白根山)〔지금의 미나미(南)알프스

의 산들 중에서 특별히 아카이시(赤石)산맥 부근을 가리킴]도 눈이 쌓여 새하

얗게 보였다.

귀경

이리하여 11월 말이 되었다. 미야코에서 온 여러 통의 편지 가운데 어릴 적부터 돌봐 준 유모가 내가 떠나버리자 허전한 마음으로 말미암아 병에 걸려 위중하다는 소식을 새의 발자국처럼 간신히 적어 보내온 것이 있었다. 그것을 보니 안쓰럽고 서글퍼서 만사를 제쳐두고 서둘러 미야코로 향하려 했는데 침착하지 못하게 소란을 피운다며 사람들 입에 오르내릴 것이 부끄러웠다. 하지만, 그런 것 때문에 그만두어야겠다는 마음도 들지 않아 급히 출발 채비를 하는데 "길이 꽁꽁 얼어붙어 위험한데다 지금은 마땅히 따라갈 만한 듬직한 이도 없다."라며 이래저래 말리는 사람들도 많았다. 안타까움을 주체하지 못한 채 소리 내어 우는 것이 마음 아프다며 수행해 줄 이들을 정하는 등 이런저런 채비를 해주어

길을 나서게 되었다.

　대단히 기뻤으나 아무런 분별없이 뛰쳐나와 어찌하여 또다시 미야코로 돌아가는지 스스로도 마음이 무거웠다. 이곳 역시 다시 되돌아오기 어려울 것이란 생각이 들자 주변의 모든 것에 미련이 남는데 그것은 즉흥적이어서 당돌하게 폐를 끼치는 내 성격 탓이리라. 늘 기대고 있었지만 거칠게 깎여 마음에 들지 않았던 기둥마저 막상 떠나려 하자 애틋해져 남들이 알아보지 못하게 작게 몇 자 적어두었다. 눈치 빠른 시골 사람이 알아채지는 않을까 신경을 쓰면서.

　【초라하기만 한 기둥아 나를 잊지 말아다오. 변함없이 있
　어 준다면 다시 찾아 와 친숙해질 때도 있을 테니】

눈 내리는 후와노세키

이번 여행은 일행도 적어 쓸쓸하였으나 미야코를 뒤로 하고 떠나오던 때와는 사뭇 달라서 날짜가 빨리 지났으면 하는 생각이 들고 미야코가 그리워지는 것이 솔직한 심정이었다. 스스로 결심하여 떠나왔건만 내가 생각해도 들떠 있어 여행 일정도 잘 모르지만 싫다는 생각이 안 들었다. 햇빛도 화창하여 도중에 멈추는 일도 없었는데 후와노세키〔기후현(岐阜県) 후와군(不破郡) 세키가하라마치(関が原町)에 있던 검문소〕에 다다르자 별안간 눈이 쉴새 없이 내리는데다 바람마저 거칠게 불어왔다. 내리는 눈 때문에 어두워져서 검문소 근처에서 멈춰서 주저하고 있자니 보초가 험상궂은 표정으로 무언가 수상한 점은 없는지 경계하고 있는 것이 매우 겁이 났다.

【주위가 어두컴컴할 정도로 내리는 눈이 그치기를 잠시

기다리는 우리를 그대로 붙잡아두려는 후와노세키의 보

초병】

유모와 재회

교토에 들어서던 날 마침 비가 내리기 시작해 가가미산(鏡山)〔시가현(滋賀県) 가모군(蒲生郡)과 야스군(野洲郡)의 경계에 있는 산〕이 흐려 보였는데 교토를 떠날 때에도 이 근처에 비가 내렸던 것을 떠올리며,

【오늘은 흐리려거든 흐리려무나 가가미산이여. 그리운 이와 대면할 미야코가 멀지 않았으니】

이렇게 생각은 하지만 님을 볼 수 있는 미야코가 가까워졌다는 것은 그저 마음속으로만 곱씹을 뿐 언제 다시 만날 수 있을까 생각을 하니 다시금 마음이 어두워졌다. 해가 중천에 떠오르면서 비가 완전히 그쳐 날씨가 개자 흰 구름이 가득 걸려 있는 산이 여기저기서 눈에 들어와 "어디인가?"라고 물었더니 "히라(比良)의 다카

네(高嶺) 〔시가현(滋賀県) 히에이산(比叡山)의 북쪽에 이어지는 산〕와 히에이산입니다.”라는 말을 들으니 덧없는 구름마저도 그리워졌다.

　【님 역시 미야코에서 저 구름을 바라보고 계실지도 몰라.

　마음이 통할 것 같은 미야코쪽 산의 흰 구름이여】

　날이 완전히 저물 즈음 당도하였는데 그렇게 생각해서인지 집 여기저기가 허물어진 것만 같았다. 군데군데 비가 새어 젖어 있는 모습 등 무엇하나 마음 둘 곳 없는 정경을 보고 있자니 이곳이 역시 떠나기 힘든 내 집인가 싶어 왠지 바라보는 것만으로도 감개무량했다. 나이 든 유모를 잠시 살펴보니 병세에 차도가 있는 듯하여 불행한 나를 누가 이렇게까지 생각해줄까 싶어 유모에 대한 깊은 연민을 느꼈다.

끝맺음의 회고

그 후로는 이전에 물 위에 떠 있는 풀처럼 이끌어 주는 물이 있다면 어디에라도 가고 싶다던 마음이 완전히 없어져서인지 이렇게 풀이 무성한 낡은 내 집에서 끝나야 할 전생으로부터의 숙명일 것이라고 내 운명도 세상사도 마음을 진정시켜 곰곰이 분별하려 하지만 원래부터 그러한 이성(理性)을 따르지 않는 것이 내 마음인지라 앞으로 어찌 되어갈 것일지.

【내가 죽더라도 이 필적은 오래도록 남겠지만 나를 떠올려주지 않는 그 님은 애처롭게 여겨주지 않을 것이다】

이자요이 일기* (十六夜日記)

이자요이는 한자로 「十六夜」라고 표기하고 음력 16일 밤을 말한다. 보름 이전의 달은 저녁 무렵이 돼서야 대개 그 모습을 드러내는데 음력 16일이 되면 마치 달이 인간처럼 마음을 가진 듯 조금 망설이고 주저하는 것처럼 조금 늦게 떠오르기 때문에 일본어의 '망설이다', '주저하다'의 의미를 갖는 '이자요이'란 단어를 써서 부름. 작품명은 본문 중에 아부츠니가 교토에서 관동지방을 향해 여행을 출발한 날이 10월 16일이었던 것에 의함. 이 작품은 아부츠니가 남편 후지와라 다메이에가 세상을 떠난 후, 아들 다메스케에게 물려준 호소가와 토지의 재산 상속의 정당함을 호소하기 위해 1279년 교토에서 출발하여 가마쿠라를 향한 여행기록이다.

우타타네 · 이자요이일기

서장(序章)

남편의 필적

옛날에 벽 속에서 찾아냈다고 하는 책의 이름〔『효경(孝経)』을 가리킴. 공안국(孔安国)이 쓴 서문에 보면 노나라의 공왕(恭王)이 공자의 강당이었던 곳을 파괴했을 때 벽 속 돌로 만든 함에 고문『효경』22장이 발견되었다 함〕을 지금의 아이들은 자신과 관계있는 것이라고는 전혀 생각지 않는구나. 죽은 남편이 남겨진 자식들 앞으로 거듭거듭 정성 들여 남겨 둔 필적으로 봐서 명확하지만 생각해 보면 부질없는 것은 부모의 훈계였던 것이다. 또한, 조정의 판결에서 원하던 결과를 얻지도 못했고 세상을 중히 여기는 충신의 참된 마음조차 버림받은 것은 보잘 것 없는 내 신세 탓이라고 마음을 접어버리면 그만이지만 쉽사리 그리되지 않고 여전히 남아 있는 이 근심이야말로 어떻게 달래볼 도리도 없는 서글픈 것이다.

와카의 길

　　더 생각해 보면 와카(和歌)〔5·7·5·7·7의 31자로 된 전통적인 일본의 정형시〕의 길은 진정함은 적고 들떠 있는 천박한 유희일 뿐이라고 생각하는 이도 있을지 모르겠다. 와카는 원래 일본에서 하늘에 있는 바위굴 입구가 열렸을 때〔『고지키(古事記)』와 『일본서기(日本書紀)』에 기록된 다카마가하라(高天原) 신화의 한 구절. 아마테라스오오미카미(天照大神)가 남동생인 스사노오노미코토(素戔嗚尊)의 난폭한 행동에 분노하여 하늘에 있는 바위굴로 들어가 버린 탓에 온 천지가 암흑으로 뒤덮이게 되자 여러 신들이 나서 바위굴의 입구를 열고 가구라(神楽—신을 제사 지내기 위한 일종의 무악)를 연주하였다고 함〕 연주된 가구라(神楽) 이후 각 지방의 많은 신들의 가구라 가사를 기원으로 삼아〔『고고슈이(古語拾遺)』에 기록된 하늘에 있는 바위굴과 관련된 가구라우타(神楽歌)를 와카의 기원으로 본 해석〕 세상을 다스리고 사람의 마음을 온화하게 하는 매개가 되었다고 와카의 길을 걸어온 거장들은〔『고킨슈(古今集)』의 서문의 필자인 기노츠라유키(紀貫之)나 『신고킨슈(新古今集)』의 가나 서문의 작자인 고쿄고쿠요시츠네(後京極良経) 등을 가리킴〕 서적에 써두었다.

와카집을 엮어냈던 이들의 선례는 많이 있으나 한 사람이 2번이나 칙명을 받들어 대대로 와카집을 엮어낸 가문〔작자의 남편인 다메이에(為家)의 부친인 데이카(定家)는 『신고킨슈(新古今集)』 『신쵸쿠센슈(新勅撰集)』를 편찬함. 또한 다메이에는 『쇼쿠고센슈(続後撰集)』 『쇼쿠고킨슈(続古今集)』를 각각 편찬하였음〕은 그 유례가 없다고 해도 좋으리라. 그 뒤를 이어 세 명의 아들들〔작자 아부츠니(阿仏尼)가 남편 다메이에(為家) 사이에서 낳은 죠우가쿠(定覚), 다메스케(為相), 다메모리(為守)를 가리킴〕 이 또 무슨 인연인지 수많은 와카 서적과 원고를 맡아서 보관해 왔는데, 죽은 남편이 나에게 '와카를 진흥시키고 자식들을 잘 기르며 내가 죽은 후 추선공양을 하라'고 이르며 굳은 약조 속에 물려준 유산인 호소가와(細川)의 토지를 이유 없이 빼앗겨 버린 탓에 남편의 법요(法要)도 어려워지고 와카의 길을 걸으며 가문을 번창시킬 우리 모자의 생활도 불안하기만 한 세월을 보내게 되었다. 이렇듯 위태롭고

불안한 생활 속에서도 용케도 오늘날까지 끈질기게 생명을 부지
하고 있구나.

열엿새 밤의 출발

아깝지 않은 내 한목숨은 쉬이 버릴 수도 있지만, 자식을 생각하는 모정 때문에 그럴 수도 없고 와카의 장래에 대한 근심도 떨쳐버릴 수도 없어 '이렇게 된 바에야 가마쿠라 막부에 호소하여 재판한다면 시시비비가 분명해지리라.' 골똘히 고민한 끝에 이런저런 장애물도 잊은 채 내 한 몸은 어찌 되든 상관없다고 결심하고 갑작스레 음력 열엿새 밤의 달에 이끌려 길을 나서고자 마음을 정하게 되었다.

길을 나설 결심은 했으나 훈야노 야스히데(文屋康秀) 〔헤이안 전기의 가인. 롯가센(六歌仙) 중 한 명〕가 고마치(小町) 〔헤이안 전기의 가인, 롯가센(六歌仙) 산쥬롯가센(三十六歌仙)의 한 명. 훈야노 야스히데와의 증답가가 있으며, 닌묘(仁明) · 몬토쿠(文徳) 천황 무렵의 사람이라고 알려져 있다〕에게 그랬던 것처럼 같이 갈 것을 청해주는 이도 없고 나리히라(業平)처럼 살 만한 곳을 찾아 나서는 것도 아니다. 때는 바야흐로 겨울로 접어들었기에 내렸다 그쳤다 하는 변덕스런 겨울비도 멈추지 않고 거친 바람에 흔들려 앞 다투듯이 떨어지는 나뭇잎은 내 눈물과도 같구나. 온갖 일들이 다 불안하고 서글프기만 하나 스스로가 정해 나서기로 한 길인지라 그 길이 고달프다 하더라도 그만둘 수도 없기에 그저 채비에 박차를 가해 길을 나섰다.

# 황폐해져가는 정원

눈을 떼지 않고 돌봐왔음에도 점점 황폐해져 가기만 했던 정원
과 울타리인데 하물며 이제 길을 나서버리면 어떻게 변해버릴까
주위를 둘러보게 된다. 작별을 아쉬워하며 우는 이들의 소맷자락
을 적시는 눈물을 달래줄 방도도 없었는데 그중에서도 시종(侍從)
〔다메스케(爲相)를 가리킴. 1268년에 종오위상(從五位上)에 임명되어 3년 뒤 9
세의 나이로 시종에 임명됨. 모친인 아부츠니가 가마쿠라로 길을 나서던 해 그의
나이는 17세임〕과 대부(大夫)〔다메스케의 아우인 다메모리(爲守)를 가리킴.
당시의 나이 15세. 대부는 율령제 위계의 5번째인 오위(五位)의 통칭〕가 몹시
풀이 죽은 모습이 너무 안쓰러웠다. 이런저런 말로 달랜 후 침실
안을 바라보니 죽은 남편의 베개가 생전과 조금도 변함이 없기에
새삼 서글퍼져 한 켠에 적어두었다.

【옛 모습 그대로 남겨 둔 고인의 베갯 먼지를 내가 없어지
면 어느 누가 털어 줄까】

이별

조상 대대로 써서 남겨두었던 와카 원고책의 말미에 책의 유래 등을 덧붙여 적고, 쓸 만한 와카만을 골라 정리하여 다메스케에게 보내면서 이 와카를 덧붙였다.

【와카의 모든 것이 담겨 있는 이 책들을 아버님의 유품이라 여기렴. 선조의 공적을 생각해서라도 명심하여 나쁜 길로 빠지지 말아 주렴】

이를 본 다메스케의 답가가 빨리도 도착했다.

【어머님께서 유품으로 여기라 이르시며 삼대(三代) 째인 저에게 물려주신 이 책을 헛되이 하는 일은 결코 없을 것입니다】

【훌륭하신 선조의 공적을 알려주시지 않았더라면 저는

가도(歌道)의 길에서 흔들렸을 테지요】

이 답가가 대단히 어른스럽고 의젓하여 안심도 되고 감탄스러워 죽은 남편에게도 이것을 들려 드리고 싶어져 다시금 눈물이 맺히고 말았다.

습작

이제껏 곁에서 떨어지지 않고 지내왔건만 갑작스러운 생이별에

슬퍼하며 다메모리가 휘갈겨 써 둔 습작을 보니,

【어머님께서 길을 나선 곳이 아득히 멀게만 느껴져 앞으

로 나는 얼마만큼 그 쪽 하늘만을 바라보게 될까】

라고 적혀 있었는데 그것을 보니 각별히 안쓰러운 마음이 들어

같은 종이에 덧붙여 적어두었다.

【골똘히 하늘만을 쳐다보는 일은 그만두려무나. 그리도

어미가 그립다면 아무리 멀어도 서둘러 돌아갈 터이니】

라고 달래주었다.

다메스케의 형인 율사(律師)〔다메스케의 형인 죠우가쿠(定覚) 율사라 불

리던 인물. 율사란 승관(僧官)의 이름으로 승정(僧正), 승도(僧都)에 이어 오위(五位)

대우]도 내가 떠나는 것을 배웅하겠노라고 히에산(比叡山)에서 내려왔다. 그 아이도 대단히 쓸쓸해 하였는데 다메모리의 습작 등을 보고는 자신도 뒤에 덧붙여 와카를 썼다.

【쓸데없이 눈물을 흘리지는 않으리라. 어머님이 뜻을 이
　루고 만족하여 돌아오실 때까지는…….】

라며 불길한 말은 삼가면서도 눈물이 흐르는 것을 감추려고 횡설수설하며 얼버무리는 것을 보니 안쓰럽기만 하다.

불교 수도자인 아쟈리(阿闍梨)〔작자의 아들 가운데 죠우가쿠 율사나 다메스케보다는 형이나 아버지는 다메이에가 아님. 성명 불명〕는 이 아이들보다는 형이다. 이번 여정의 길 안내를 하고자 산에서 내려왔는데 와카를 적은 습작 노트에 자신의 글도 보태지 않을 수 있겠느냐며 읊었다.

【서로 의지하고 있는 어머니의 안내자로 이번 여정에 함
　께 할 수 있는 것이 기쁘기 그지없습니다】

패랭이 꽃

딸이 여럿 있지도 않고 딱 한 명뿐인데 근처에서 뇨잉(女院) 〔뇨
잉이란 불가에 입적한 천황의 어머니나 황후 등에 대한 존칭. 여기에서는 고후카
쿠사잉의 황후였던 히가시니죠잉(東二条院)을 말함〕을 모시고 있다. 고후카
쿠사잉의 공주가 막 태어나셨을 때로 마음씀씀이도 성실하고 어
른스러웠다. 공주가 보고 싶어질 것이라 전하면서 더불어 다메스
케와 다메모리를 잘 부탁한다는 내용도 구구절절이 적은 후 그
말미에,

【당신을 아침 해처럼 믿고 의지하고 있습니다. 집에 남겨

질 패랭이꽃들이 서리에 시들지 않도록 해 주십시오(부디

집에 남겨진 아이들이 무사할 수 있도록 잘 보살펴 주세요)】

라 덧붙였는데 답장도 매우 세심하고 절절하게 쓰고는

【길을 나서시더라도 아이들을 생각하는 마음이 남겨져
   있다면 패랭이꽃(아이들)은 서리에도 시드는 일이 없을 것
   입니다】

라고 적혀 있었다.

다섯 아이들〔자신의 다섯 자녀들. 앞 장에 열거된 순으로 다메스케, 다메모
리, 죠우가쿠, 아자리, 여자 아이〕의 와카를 모두 적어두는 것이 생각하
기에 따라서는 몹시 꼴불견으로도 보이겠으나 부모의 마음으로서
는 안쓰럽게 여겨져 모아 적었다. 그러나 그렇게 마음이 약해져서
는 안 되겠다 생각하여 아이들에 대한 미련을 냉정하게 버리고
길을 떠났다.

여로(旅路)의 장

오사카노세키

아와타구치(粟田口) 〔교토시 히가시야마구(東山区)의 지명〕라는 곳에서
수레를 돌려보냈다. 얼마 후 오사카노세키〔야마시로(山城)와 오오미(近
江)의 국경. 오사카산(逢坂山)에 있었던 검문소〕를 넘으면서

　【생사를 알 수 없는 여정이지만 만남을 의미하는 오사카
　라는 이름처럼 또다시 만나기를 기대하며 길을 재촉한
　다】

　노지(野路) 〔시가현(滋賀県) 쿠사츠시(草津市) 노지쵸(野路町)〕란 곳은 앞뒤
를 둘러봐도 사람이라고는 찾아볼 수 없었다. 해는 저물어가고 몹
시도 서글픈 마음이 들었는데 소나기마저 추적추적 내리기 시작
했다.

　【부슬부슬 늦가을 비가 내리는데다 고향을 그리워하며

흘리는 눈물까지 겹쳐 소맷자락이 젖어 오는데, 갈 길이

멀기만 한 들길의 조릿대 밭이여】

오늘 밤은 가가미(鏡) 〔시가현(滋賀県) 가모우군(蒲生郡)에 있던 역참〕라

는 곳에 묵을 예정이었으나 해가 완전히 저물어 어두워지도록 당

도하지 못해 어쩔 수 없이 모리야마(守山) 〔시가현(滋賀県) 모리야마시(守

山市)〕에서 묵었다. 비는 이곳까지도 쫓아왔다.

【눈물로 젖은 소맷자락을 한층 더 젖게 하려고 쉴 새 없이

비가 새어 들어오는 모리야마에 묵어버렸구나】

오늘은 10월 16일이었다. 녹초가 되어 바로 잠이 들어버렸다.

야스강의 자욱한 안개

달빛이 아직도 희미하게 남아 있는 새벽녘에 모리야마를 떠났다. 야스강(野洲川) 〔스즈가(鈴鹿) 산맥에서 발원하여 모리야마시 동쪽에서 비와(琵琶)로 흘러 들어가는 하천〕을 건널 때 앞서 가는 이들의 모습은 보이지 않고 타고 가는 밀발굽 소리만 또렷하게 들려올 정도로 안개가 매우 짙었다.

【여행자들의 길동무가 되어 앞장서서 말이 달려갈 길을

　안내하는 듯한 야스강의 자욱한 안개여】

17일 밤은 오노(小野) 〔시가현(滋賀県) 히코네시(彦根市) 오노쵸(小野町)〕의 역참에서 묵기로 했다. 달이 떠올라 산봉우리에 길게 늘어서 있는 소나무의 사이사이를 비추니 한 그루 한 그루 그 자태가 선명하게 보여 실로 감탄할 만한 경치였다.

여기에서도 아직 캄캄할 때 짙은 안갯속을 헤치며 가까스로 길

을 나섰다.

사메가이 샘물

사메가이(醒が井) 〔시가현(滋賀県) 사카타군(坂田郡) 마이바라쵸(米原町) 사메가이(醒井)에 위치한 예로부터 맑기로 유명한 샘〕라 불리는 물을 만일 여름이었다면 그냥 지나칠 수는 없을 것이라 생각했는데 도보로 가던 일행들은 다가가서 떠 마시고 있는 것 같았다.

【사메가이의 물을 손으로 떠서 혼탁해진 마음을 씻어낼

수 있다면 고되기만 한 이 세상의 꿈에서도 깨어날 수 있

지 않을 런지】

라고 생각했다.

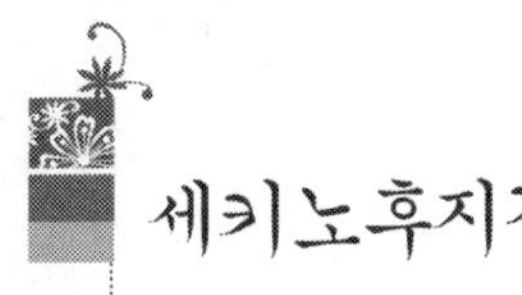

세키노후지강

18일 날 미노(美濃)〔현재의 기후현 남부〕지방의 세키노후지강(関の藤川)〔기후현(不破郡) 세키가하라쵸(関が原町)를 흘러가는 후지코강(藤古川)을 가리킨다〕을 건너는데 우선 이 와카가 생각났다.

【내 아이들의 앞길을 위함이 아니라면 어찌하여 내가 세키노후지강을 건너 가마쿠라를 향해 가겠는가〔『고킨슈』의 「미노의 세키노후지강의 물이 끊이지 않을 날까지 주군께 충성을 다할 것이다. 대대손손」을 본가(本歌)로 하고 있음〕】

후와노세키(不破の関)〔기후현 후와군 세키가하라쵸에 있던 검문소.〕검문의 나무판자로 된 차양은 예나 지금이나 황폐해진 모습 그대로였다.〔『신고킨슈』의 유명한 와카 「사람이 살지 않은 후와노세키 숙소의 황폐해진 나무판자 차양 뒤로 그저 가을바람 뿐」을 의식하고 있음〕

【틈새 많은 후와노세키 검문소에는 요즘 같은 때에 늦가을 소나기와 달빛이 얼마나 많이 새어 들어 올까】

후와노세키를 지날 때부터 하늘을 시커멓도록 내리던 비가 늦가을 소나기답지 않게 온종일 끊이지 않고 내린 탓에 길도 굉장히 질퍽질퍽해져 하는 수 없이 가사누이(笠縫) 〔기후현(岐阜県) 오가키시(大垣市) 가사누이쵸(笠縫町)〕라는 역참에 숙소를 정했다.

【나그네는 도롱이조차 쓸모없게 만드는 해질녘의 비를 피해 가사누이 마을에 묵어가는 것이다】

인연을 맺어주는 신

19일 날 또다시 이곳을 떠나 길을 나선다. 밤새 내린 비 탓에 히라노(平野) 〔기후현(岐阜県) 안파치군(安八郡)과 오가키시(大垣市) 고도쵸(神戸町) 일대〕 부근은 길이 한층 더 나빠져 통행이 어려워 보였는데 마치 물을 대어놓은 논 위를 걷는 것 같았다.

날이 밝아오면서 비가 그쳤다. 점심때쯤 지나는 길에 눈에 띄는 신사(神社)가 있었다. 사람에게 물으니 "인연을 맺어주는 신입니다."라 하기에

【인연을 맺어주는 신이시라면 풀리지 않는 한을 풀 수 있
　도록 부디 굽어살펴주소서】

스노마타강

스노마타(洲俣)강〔나가라강(長良川)의 상류가 지금의 안파치 군 스노마타 마치(墨俣町)의 동쪽으로 흐르는 근방을 스노마타강이라 함〕에는 넝쿨풀 같은 것으로 엮은 밧줄로 배들을 연결시켜 맞은편으로 건널 수 있게 해놓은 배다리가 있었다. 매우 위험해 보였으나 강을 건넜다. 이 강은 둑에 접해 있는 쪽은 굉장히 깊고 다른 쪽은 얕아서

【한쪽만 깊은 이 강은 제방으로 막혀 있는데 마치 깊은
시름을 떠안고 사람들의 눈을 피하는 나와 같구나】

【물 위에 떠 있는 배를 다리 삼아 왔다 갔다 하다니 의지
할 곳 없는 나와 같이 허무하구나】

라고 생각하였다.

또한 이치노미야(一の宮)〔오와리(尾張 ― 현재 아이치 현 서부) 지방의 이치

노미야(一の宮)市에 위치한 신사]라는 신사 앞을 지날 때의 노래

【이치노미야라는 명칭을 들으니 그 이름마저 애틋하구나.

'이치'(하나, 일)라고 하는 것은 이곳이 유일무이한 경전인

법화경을 수호하고 있다는 것일 테지】

나루미 갯벌

20일 오와리(尾張) 지방의 '오리토(下り戸) 〔오와리 지방의 오리츠(下津)마을의 별칭. 현재의 이나자와역(稲沢駅 − 아이치 현 북서부) 근처〕 역을 지나 갔다. 반드시 지나가게 되는 길목이므로 아츠타(熱田) 신궁〔나고야 시의 아츠타 신궁. 아마테라스 오오미카미(天照大神), 스사노오노 미코토(素戔嗚尊)를 모시는 신궁〕에 들려 참배를 드리고 벼루를 꺼내어 다음의 와 카 5수를 적어서 봉납하였다.

【저의 바람이 이루어질 수 있기를 기원 드립니다. 나루미 갯벌이 드러나게 바닷물을 끌어당기는 것도 신의 뜻이 니】

【와카노우라(和歌の浦) 〔와카야마시 남부에 있는 해안 일대의 포구〕에 불어오는 바람이 나루미 갯벌에도 불어온다면 가도

(歌道)를 지키기 위해 힘쓰고 있는 나의 기원을 아츠타 신
께서 들어주시겠지】

【밀물이 들어오는 것처럼 아츠타 신께서 저를 가엾게 여
겨 주시기를 바라며 나루미 갯벌을 향해서 왔습니다】

【비바람도 모두 신의 뜻이겠지요. 부디 무사히 길을 갈
수 있게 굽어살펴주소서】

썰물 때라 어려움 없이 갯벌을 지나고 있었는데 우리 앞을 날아
가는 물떼새 무리가 왠지 길을 안내해 주는 것만 같아서 이렇게
적어 보았다.

【물떼새가 지저귀며 이끌어 준다. 나는 그다지 세상에서
오래 살며 흔적을 남기고자 생각하지 않았는데……】

후타무라산

스미다강(隅田川) 〔현재의 도쿄를 관통하고 있는 강. 이 문장은 이세모노가타리(『伊勢物語』) 9단을 상기시키고 있다〕 부근에 있다고 들었는데 미야코새라는 부리와 다리가 붉은빛을 띠는 붉은부리 갈매기가 이 해안에서도 생식하고 있었다.

【자, 물어보자꾸나. 다리와 부리가 붉은 새는 내가 아쉽
  게도 떠나온 미야코의 이름을 가진 그 미야코새냐고】

후타무라산(二村山) 〔아이치현 토요아케(豊明)시 쿠츠가케쵸(沓掛町)부근의 산〕을 넘어 가는데, 산도 들도 정말로 멀기만 하여 날이 완전히 저물어버렸다.

【머나먼 여행 끝에 후타무라산을 넘어갔는데도 왠지 들
  판의 저녁 어둠 속을 더듬어 가는 것 같다】

야츠하시(八橋) 〔아이치현 지류시 북동부의 지명.『이세모노가타리에 소개
된 이후 명승지로 유명함〕에서 묵어간다고 한다. 어두워서 다리도 보
이지 않게 되어버렸다.
　【거미의 발처럼 여덟 방향으로 걸쳐져 위험하기만 한 야
　츠하시를 어두워져서 건너게 되었구나】

미야지산과의 재회

21일 야츠하시를 나서는데 하늘이 맑고 화창했다. 산기슭에서 먼 초원을 헤치고 나아갔다. 점심때쯤에 단풍으로 물든 산을 향해 갔다. 바람에 나부껴도 떨어지지 않던 단풍잎이 적갈색으로 변해 있었는데, 단풍 사이사이에 소나무나 삼나무 등의 상록수도 섞여 있어 마치 푸른 바탕에 여러 색실을 짜놓은 비단을 보는 듯했다. 사람들에게 물으니 미야지산(宮路山) 〔아이치현 호이군(宝飯郡) 아카사카(赤坂) 근방에 이르는 산지를 칭함〕이라 한다.

【단풍이 짙게 물들었다가 색이 바래 파란 비단이 될 때까

　지 늦가을 소나기가 많이도 내리었구나】

이 미야지산까지는 예전에 와본 적이 있는데다 계절도 이 무렵이어서,

【예전에도 넘었던 미야지산이여. 그때와 마찬가지로 늦
가을 소나기가 내리는 이 계절에 나와 다시 만나기를 기
다려 주었구나】

산기슭의 대나무 수풀에 초가집 한 채가 보였는데 어찌한 연유
로 이런 곳에서 살고 있을까 하는 생각이 들었다.

【산기슭에 사는 이는 누구일까. 주위에는 대나무 수풀만
있는 이런 쓸쓸한 곳에……】

해는 완전히 저물어버려 지척을 분간하기도 어려운 시간이 되어
와토도(渡津) 〔호이군 고자카이쵸(小坂井町)〕라는 곳에 머물게 되었다.

다카시 해변의 풍경

22일 새벽녘 어스름한 달빛을 맞으며 길을 나섰다. 평소보다 훨씬 서글픈 마음이 들었다.

【살기가 고단해져 달나라 미아코를 떠나왔건만 새벽달은

　　불운한 나와 떨어지지 않는구나】

라고 생각하였다.

일행 중의 한 사람이 "새벽달마저 우리와 같이 갓을 쓰고 있구나. 〔달무리가 진 것을 표현함〕"라고 하는 말을 듣고

【길 떠나는 이들과 함께 여행길에 나선 것일까. 달무리

　　진 새벽달이여】

다카시산(高師山)〔미카와(三河)와 도오토미(遠江) 경계에 위치한 산〕도 넘었다. 바다가 보이는 풍경은 참으로 장관이었다. 갯바람이 사나워

서 소나무 사이로 바람소리가 쓸쓸히 들려오고 파도도 대단히 높

았다.

【나 때문에 다카시 해변의 바람이 소리높이 부는 것이리.

소매를 적시는 눈물의 파도가 요란스러워질 때까지】

새하얀 모래로 뒤덮인 곳에 검은 새들이 떼를 지어 있었는데

가마우지였다.

【하얀 모래밭에 검은 빛깔의 가마우지여. 그림을 잘 그렸

으면 그림으로 그릴 텐데……】

변함없는 하마마츠

하마나(浜名)의 다리〔시즈오카현(静岡県)의 하마나코(浜名湖)에 있던 다리〕에서 둘러보고 있자니 갈매기가 많이 날아들어 수면 아래로도 들어가고 바위 위에도 앉아 있다.

【갈매기가 머물러 있는 모래사장 바위도 역시 남의 일 같
지 않다. 바위를 넘나드는 파도의 수는 언제나 소매를 적
시는 눈물의 수와 같기에……】

오늘 밤은 히키마(引馬) 〔시즈오카현 하마마츠(浜松)시 북부〕란 숙소에서 머물기로 했다. 이 일대는 하마마츠(浜松) 〔『와묘쇼(和名抄)』에 「후치군(敷智郡) 하마마츠쿄(浜松郷)」라는 문구가 나타나는데, 중세이후 후치, 하마나 두 군을 아울러 하마마츠로 통칭〕라는 이름으로 불리고 있었다. 친척이라 할 만한 사람들도 사는 곳이다. 오랫동안 이곳에 살았던 부친

의 모습도 이래저래 떠오르고 목숨이 붙어 있어 이렇게 다시 하마 마츠에 오게 된 운명도 정말 신기하다.

【하마마츠의 변하지 않는 모습을 찾아와, 변함없는 소나 무에게 고인이 된 아버지에 대해 물어 회상한다】

그 당시 만났던 이들의 자식이나 손자들을 숙소로 불러들여 만남을 가졌다.

덴류강의 모습

23일 덴츄강(天中川)〔덴류강(天竜川)의 옛날 이름. 일본의 중부지방을 흐르는 강〕을 건넌다고 한다. 배에 타자 사이교(西行)의 옛날이야기〔사이교가 도오토미 지방의 아마노니카강(天の中川)의 나루터에서 배에 탔는데 무사들이 사람 수가 많다는 이유로 내릴 것을 종용하며 채찍 등을 휘두르는 바람에 결국 배에서 내렸다는 이야기가 『사이교모노가타리(西行物語)』 등에 보임〕도 떠올라 굉장히 불안했다. 뗏목처럼 엮어 만든 단 한 척의 배로 수많은 사람이 왔다갔다 왕래하는 탓에 노를 쉬게 할 틈도 없었다.

【물거품처럼 허무한 이 세상을 살아가는 이들의 모습을 바라보렴. 거친 물살을 헤치고 나아가는 작은 배는 노를 쉬게 할 틈도 없지 않은가】

오늘은 도오토미 지방의 미츠케(見附)〔시즈오카현 이와타(磐田)시 미츠케(見附)쵸] 마을에서 묵기로 했다. 마을은 황폐한 모습이어서 왠지 두렵기도 했다. 한쪽에 물이 솟아나는 샘이 있었다.

【누군가 와서 찾아낸다(見附)고 하는 이 마을의 이름을 들으니 여행지에서 청하는 잠자리가 한층 불안해져 견딜 수 없다】

솔바람을 보내주는 사야노나카야마

24일 정오가 되어 사야노나카야마〔시즈오카현(静岡県) 가케가와시(掛川市)와 하이바라군(榛原郡) 가나야쵸(金谷野)를 연결하는 고개길〕를 넘었다. '고토노마마'라는 이름의 신시 근처에는 단풍이 대단히 아름다웠다. 산이 가리고 있어서 거친 바람도 차마 미치지 못하는 것 같다. 산속으로 깊이 들어가자 멀리서부터 가까운 근처까지 이어지는 산들의 모습이 다른 산과는 달리 허전하고 애잔한 느낌을 준다.

산기슭에 있는 기쿠카와(菊川)〔시즈오카현 하이바라군 가나야쵸. 사야노나카야마(小夜中山)의 동쪽 기슭에 위치한 숙박시설〕라는 곳에서 묵었다.

【산을 넘어오자 산기슭 마을의 저녁 어둠에 솔바람을 보내주는 사야노나카야마여】

새벽녘에 일어나 하늘을 바라보니 달이 떠 있었다.

【새벽녘 달이여! 구름이 걸쳐있는 사야노나카야마를 무사히 넘어왔다고 미야코에 전해주렴】

강물 소리가 몹시 쓸쓸하게 들려온다.

【아즈마지(東路) 〔일본의 동부지방. 교토에서 보아 관동일대, 특히 가마쿠라를 칭함〕에 있다는 소리만 들었던 기쿠카와를 이렇게 건너게 되리라고는 생각지도 못했는데……】

미야코를 향한 그리움

25일 기쿠가와를 떠나 오늘은 오오이강(大井川) 〔시즈오카 현 중부, 스루가(駿河)와 도오토미 국경을 흐르는 강〕을 건넜다. 물이 상당히 말라 있어 소문으로 듣던 것과는 날리 별 이려움은 없었다. 강 모래밭이 몇 리인지 대단히 광활하였다. 물이 있으면 어떻게 될지 상상이 되었다.

【가슴 속에 떠오르는 미야코에 관한 것은 너무 많아서 오오이강의 수없이 많은 강여울의 돌의 개수도 그것에는 미치지 못하리라】

우츠산(宇津の山) 〔시즈오카시 우츠노야(宇津ノ谷)와 시다군(志太郡)에 걸친 산〕을 넘을 때 마침 아쟈리와 안면이 있는 수도승과 마주쳤다. '꿈에서도 사람을〔『이세모노가타리』제 9단에 나타나는 와카〕'이라는 옛사람

이 읊었던 와카를 일부러 흉내 낸 듯한 기분이 들어 대단히 진귀하기도 하고 흥미로우면서도 정취가 있고 우아하게도 느껴졌다. 수도승이 '길을 재촉하고 있습니다.'라고 해서 소식을 부탁할 편지를 여러 통 적을 여유가 없어서 그저 고귀하신 그분〔아부츠니의 딸을 가리킴〕에게만 소식을 전해 올렸다.

【우츠산에 와서 꿈속에서조차도 멀기만 한 미야코를 그리워하는 마음 때문에 제정신이 아닙니다】

【우츠산의 담쟁이넝쿨과 단풍나무가 늦가을 비를 맞지 않을 때조차도 저의 소맷자락은 눈물로 붉게 물들어버립니다】

오늘 밤은 데고시(手越) 〔시즈오카시의 아베강(安倍川) 서쪽 강가의 숙소〕라는 곳에서 머물기로 했다. 아무개 승정(僧正)이라는 분이 미야코로 가신다 하여 대단히 사람이 많았다. 그 탓에 숙소를 빌리는 것이 여의치는 않았으나 비어 있는 곳도 간혹 있어 어떻게든 묵을 수 있었다.

기요미 갯벌의 거친 파도소리

26일 와라시나강(藁科川)〔스루가(駿河) 지방(현재 시즈오카현의 일부) 아베군(安倍郡). 시다군(志太郡)의 북부 협곡에서부터 이어져 약 7리의 길이. 야마사키(山崎)에서 아베강(安部川)에 합류됨〕을 건너 오키츠노하마(興津の浜)〔시즈오카현 시미즈시(淸水市) 오키츠쵸(興津町) 일대〕의 호숫가로 나왔다. '울면서 나온 듯한 달그림자〔『신고킨슈(新古今集)』에 보이는 데이카(定家)의 노래를 가리킴〕'라는 노래가 제일 먼저 생각이 난다. 점심때 들려 쉬었던 곳에 보잘것없는 회양목 베개가 놓여 있었다. 너무 힘들어서 잠깐 누워 쉬던 중 벼루도 있었기에 머리맡의 장지에 누운 채로 써두었다.

【잠시 꿈을 꾸려고 했을 뿐인데 누군가와 인연을 맺었다고 다른 사람에게 알리지 말아주렴. 빌린 베개야】

저물어갈 무렵에 기요미가세키(淸見が関) 〔시미즈시 오키츠키요미테라쵸(興津淸見寺町)에 있는 검문소〕를 지났다. 바위를 넘는 파도가 마치 하얀 기모노를 입혀놓은 듯이 보이는 것이 꽤 재미있다.

【기요미갯벌(淸見潟)의 오래된 바위에게 묻고 싶다. 나는
지금까지 몇 번이나 무고한 죄를 뒤집어썼느냐고】

이윽고 날이 저물어 그 부근 바다에 가까운 마을에 머물렀다. 해안에 사는 사람의 소행인가, 인가로부터 피어오르는 연기가 매우 싫었기에 '밤 숙소의 비린내〔『하쿠시몬쥬(白氏文集)』3권, 바쿠쥬우진(縛戎人)의 「夜宿腥臊汚牀席」을 일본식으로 읽은 것〕'라고 읊은 옛사람의 말도 생각난다.

밤새 바람이 대단히 거칠어 파도가 바로 머리맡에서 이는 듯하였다.

【무심히 들어왔던 기요미갯벌의 거친 파도 소리가 베갯
맡까지 들려오는 듯하여 불안해서 잠에서 깼던 적은 전에
는 한 번도 없었다】

후지산의 연기

후지산을 봤더니 연기도 나지 않는다. 옛날에 내가 아버지께 이끌려서 '그 말로만 듣던 나루미 포구인가. 〔『우타타네』에 의함〕'라고 노래를 읊었을 때 도오토미 지방까지는 기 보았기 때문에 후지산의 연기를 아침저녁으로 확실히 보았는데 대체 언제부터 멎어 버린 것인가 묻자 언제라고 확실히 대답해주는 사람이 없다.

【대체 누구를 따라 가버린 까닭으로 후지산 연기의 행선지가 보이지 않게 되어 버린 것일까】

『고킨슈(古今集)』〔『고킨와카슈(古今和歌集)』의 약칭. 기노츠라유키(紀貫之) 등이 천황의 명을 받아 편찬한 최초의 와카집, 20권, 1,100수 수록되어 있음〕의 머리말까지 떠올라서

【어느 시대의 산기슭의 먼지가 쌓여서 후지산을 눈이 쌓

인 높은 산으로 만들어 놓은 것인가】

【썩어버린 나가라다리(長柄の橋)〔셋츠(摂津), 현재의 오사카부
(大阪府)의 나가라강(長柄川)에 있었던 다리〕를 다시 만들고 싶구
나. 후지산의 연기도 나지 않게 된 바에는】

오늘밤은 나미노우에(浪の上)〔이 지명은 확실하지 않지만 전후의 문장
에 나타나 있는 내용으로 미루어 스루가(駿河)지방 이하라군(庵原郡) 후지강(富士
川)의 서쪽 기슭으로 추측〕라고 하는 곳에 숙소를 정했는데 좌우에서
거친 파도소리가 들려 눈도 붙이지 못했다.

다고노우라의 어부들

27일 완전히 날이 밝아서야 후지강(富士川) 〔후지산 서쪽을 흘러 스루가만(駿河灣)으로 흘러들어가는 큰 강〕을 건넜다. 아침에 강을 건너자니 참으로 춥다. 세어보니 15개의 강을 건넌 것이다.

【눈이 쌓인 후지산에서 내리치는 후지강의 강바람에 얼

　어붙은 겨울옷】

오늘은 햇빛이 꽤 화창해서 다고노우라〔시즈오카현 후지시 남부의해안〕에 나갔다. 어부들이 고기를 잡는 것을 보니

【스스로 고생하고 있는 것은 다고노우라의 어부들도 나

　도 마찬가지. 소매가 마를 틈도 없다는 원망은 다른 사람

　에게 불평해야 할 것이 아니라네】

라고 말하고 싶어진다.

미시마묘진 참배

　이즈의 고쿠후(国府) 〔시즈오카현(静岡県)동부 이즈반도(伊豆半島) 중심 시가지인 미시마(三島)는 과거에는 이즈노구니(伊豆国)의 지방 행정 관청 소재지로서 고쿠후라고 불렸다〕라는 곳에서 묵었다. 아직 석양이 남아 있을 때에 미시마묘진(三島明神) 〔시즈오카현(静岡県) 미시마에 있는 신사〕을 참배하러 가 노래를 읊어 신에게 바쳤다.

　【미시마묘진님도 나를 애처롭게 봐주시겠지. 저는 단지 여기를 향해서 멀리서부터 찾아온 것입니다. 〔여기에서 묘진(明神)은 신을 존경해 부르는 칭호〕】

　【묘진님도 알고 계실 터이지요. 가도(歌道)에 있어서 자연스레 전해진 역사도 있을 테니 제 주장이 정당하다는 것을】

【이 신사를 찾아와서 지금 내가 넘으려고 하는 하코네(箱
根)〔가나가와현(神奈川県), 하코네산 일대를 포함한다〕의 험난한
고개를 넘은 보람이 있도록 신의 도우심을 바라옵니다.】

# 유사카를 넘어서

28일 이즈의 고쿠후를 나와 하코네 고개〔하코네산을 넘는 길. 아시가라지(足柄路)와 함께 예부터 도카이지(東海路)의 거점이었음〕에 접어들었다. 아직 밤이 깊었기 때문에

【하코네산을 서둘러서 가지만 상자(하코(箱))의 뚜껑이 열리지 않은 것처럼 좀처럼 날은 새지 않고, 옆으로 길게 구름이 깔려있는 하늘이여】

라고 읊었다. 아시가라라산〔가나가와현(神奈川県) 남서부에 위치하고, 남쪽은 하코네산에 연결된 산. 고대로부터 동서교통의 요충지〕은 멀다고 하기에 하코네 고개로 접어든 것이다.

【저쪽의 구름이 높이 솟아 무심코 지나쳐버린 아시가라산을 보고 싶구나】

꽤 가파른 산에서 내려간다. 사람 다리도 도중에 멈추기 힘들다. 유사카(湯坂)〔가나가와현 아시가라군에 있는 고개〕라 한다.

겨우 넘으니 산기슭에 하야강(早川)〔하코네산의 북쪽에서 동쪽으로 흐르며 유모토(湯本)를 거쳐 오다와라(小田原)시내에서 사가미(相模)만으로 흘러드는 강〕이라는 강이 있었다. 그 이름처럼 물살이 정말로 빠르다. 나무가 많이 떠내려가고 있기에 왜냐고 물어보자 해녀들이 소금 만들 때 쓸 땔감을 해안으로 보내기 위해 떠내려 보내는 것이라 한다.

【아즈마지의 유사카를 넘어와 바라보니, 빠른 강물을 따라 소금 만늘 때 쓸 땔감이 흘러가고 있구나】

사카와강을 건너

유사카로부터 해안으로 나와 날이 저물었는데 묵기로 한 곳은 아직 멀다. 이즈의 오오시마까지 멀리 내다보이는 해안을 "여기는 뭐라고 하는 곳인가?" 하고 물었는데 알고 있는 사람도 없다. 주변에는 어부들의 집만 있다.

【어부가 사는 마을 이름도 모른 채, 흰 파도가 밀려오는

이 물가에 숙소를 빌리고 싶구나】

마리코강(まりこ川)〔사카와강(酒勾川)의 옛 이름. 후지산의 동쪽 기슭에서 발원해서 아시가라 평양을 거쳐 사가미(相模)만으로 흘러든다〕을 칠흑 같은 어둠 속에 더듬어 겨우 건넜다. 오늘밤은 사카와(酒勾)〔아시가라군(足柄郡) 사카와강(酒勾川)의 동쪽 해변에 있는 역참〕라는 곳에 묵기로 하였다. 내일은 드디어 가마쿠라에 들어갈 수 있다고 한다.

29일 사카와를 나와 오랫동안 해변 길을 걸어갔다. 점점 밝아져 오는 바다 위에 매우 가느다란 달이 떠있다.

【해변 길을 가자니 불안한데 파도 사이사이로 나와 길을 알려주는 가늘고 가는 새벽달이여】

물가에 밀려왔다가 멀어져가는 파도 위에 안개가 끼어 많이 보이던 낚시 배들도 보이지 않게 되어버렸다.

【어부들의 작은 배가 오고가는 방향을 보여주지 않겠다는 것인지 파도가 치는데다가 아침 안개까지 자욱이 끼어 있다】

미야코가 완전히 멀어져 버린 것도 역시 꿈만 같은 기분이 들어

【남편이 만일 살아있었다면 나 역시 이처럼 미야코를 멀리 떠나 괴로워하지 않았을 텐데】

우타라네 · 이자요이일기

망향(望鄉)의 장

열엿새 밤의 서신

가마쿠라에서 살 곳은 츠키카게노야츠〔가마쿠라시 고쿠라쿠지(極楽
寺)부근〕라는 곳이라 한다. 바닷가 가까운 산기슭으로 바람이 꽤
거칠었다. 산사(山寺)〔산사는 고쿠라쿠지(極樂寺)를 가리키다. 진언종의 절〕
의 옆이기에 한적하고 너무 조용해서 파도 소리나 솔바람 소리만
이 끊임없이 들려온다.

미야코에서 소식이 언제 오려나하고 몹시 고대하고 있던 차에
우츠산에서 우연히 만난 스님 편에 부탁해서 편지를 드렸던 분에
게서 믿을만한 인편을 통해서 답장을 보내왔다.

【미야코를 생각하는 마음 때문에 당신의 옷은 우츠산의
늦가을 가을비가 오지 않는 사이에도 필시 눈물로 젖어
있겠지요】

【뜻하지 않게 당신이 먼 길을 떠난 음력 열엿새 밤(十六夜)
의 달이야말로 당신을 따라다니는 미야코의 징표이겠
죠】

미야코를 떠나온 것은 10월 16일이었기에 열엿새 밤의 달을 잊
지 않고 계셨던 것인가, 정말로 품위가 있고 감개무량한 기분이
들어 이 노래의 답가만을 다시 드렸다.
【정처 없이 하늘에 떠있는 열엿새의 달처럼 장래에 당신
을 만나게 될 날만을 기대하고 있습니다】

늦가을 소낙비

전 우효에노카미 다메노리(右兵衛督為教)〔다메이에의 아들로 어머니는 우츠노미야요리츠나의 딸(宇都宮頼網女), 훗날 교고쿠가(京極家)의 선조가 된다〕의 따님은 가인으로〔다메노리의 딸(為教女)은 「쥬산미타메코(從三位為子)」라는 이름으로 『교쿠요슈(玉葉集)』에 60수, 「쥬니이타메코(從二位為子)」라는 이름으로 『후가슈(風雅集)』에 39수가 수록된 교고쿠파 가인의 대표적인 한 사람이다. 교고쿠다메가네(京極為兼)의 누나이다〕, 죽센슈〔천황의 명령에 의해 편찬되는 와카집〕에도 여러 차례 와카가 실렸다. 오미야잉(大宮院)〔오미야잉은 고사가잉(後嵯峨院)의 중궁 깃시(姞子)로 고후카쿠사(後深草), 가메야마(亀山) 두 천황의 어머니. 사이온지사네우지(西園寺実氏)의 딸. 1248년(宝治2년) 잉(院) 칭호를 받음〕 곤츄나곤(権中納言)으로 불리는 사람으로 와카에 관한 일로 조석으로 친하게 지냈던 탓인지 여행 도중의 걱정되는 일 등을 적어서 보내주신 편지에 다음과 같은 노래가 있었다.

【늦가을 소낙비가 오다 말다 하는 이 시기에 먼 길을 떠나서서 옷소매는 얼마나 젖으셨는지 위로의 말씀을 드립니다】

그 노래의 답가로

【부디 헤아려 주세요. 산길을 헤매고 오는 동안에 이슬도 소낙비도 눈물과 하나가 되어 소매를 적시고 있는 모습을】

이분의 형제인 다메카네님(為兼の君)〔다메노리(為教)의 자식으로 앞에 나온 다메노리의 딸 타메시(為教女為子)의 남동생〕도 마찬가지로 걱정되는 마음을 적으셔서

【고향인 미야코를 초겨울 무렵에 떠난 당신은 내리는 눈 때문에 한층 더 추위를 느끼고 계시겠지요】

라고 보내셨다. 답가로

【나그네의 옷에 갯바람까지 불어 닥쳐 추위는 사무치고 10월에 내리는 소낙비에 눈까지 더해져 고생이 말이 아닙니다】

시키켄몬잉 미쿠시게도노와의 서신

시키켄몬잉(式乾門院) 미쿠시게도노(御匣殿) 〔시키켄몬잉(式乾門院)은
고타카쿠라잉(後高倉院)의 따님으로 이세신궁에서 봉사한 미혼의 황녀이다. 미쿠
시게도노(御匣殿)는 대궐의 죠간전(貞観殿)가운데 구라료(内蔵寮)에서 조달하는 옷
이외의 재봉을 주관하는 곳을 담당하고 있는 신분이 높은 뇨보를 말한다〕라는
분은 고가(久我) 태정대신〔미나모토노 미치테루(源通光)〕의 따님으로 이
분 역시 『쇼쿠고센슈』(続後撰集) 〔고사가상황(後嵯峨上皇)의 명에 따라
1251년 후지와라 타메이에(藤原為家)가 편찬함〕 이래로 잇달아 다음 그다
음 쵹센슈에도 또 각 집안의 가집에도 와카가 다수 들어가 있기에
그 명성을 모르는 사람은 없을 것이다. 지금은 온가타〔존귀한 분〕
라 불리며 안카몽잉(安嘉門院) 〔고다카쿠라잉(後高倉院)의 둘째딸〕을 모
시고 계신다. 아즈마지로 가기로 결심하고 출발하기 전날 작별인

사를 위해 기타시라가와 고쇼[교토 기타시라카와(北白河)에 있었던 안카
몽잉의 저택]를 방문하였는데 미쿠시게(御匣殿)님은 계시지 않았다.
오늘 밤 출발이라 어수선한데다 이러한 까닭으로 찾아왔다고 아
뢸 여유조차 없이 되돌아왔기에 마음에 걸려서 소식을 올렸다.
　먼 길을 떠난 채로 새해가 되어버린 불안함과 눈이 끊임없이
내리는 것 등 이것저것을 쓰고

　【불안감 때문에 몸도 사라져 버릴 듯한 심정으로 바라보

　는 하늘도 점점 어두워지고 미야코와 멀리 떨어진 여기는

　눈이 내리기 시작한다】

라고 전했더니 곧바로 답장이 왔다.

　　좋은 기회가 있었으면 하고 걱정하고 있던 차에 오늘 섣달

　22일 기다리던 편지를 받고 참으로 반갑고 기뻐서 소소한 일

　까지 자세하게 말하고 싶지만 공교롭게도 오늘 밤은 가타타

　가에[음양도에서 외출할 때 천일신(天一神)이 있다고 하는 방위에 해당되

　는 경우는 이것을 피하기 위해 전날 밤 좋은 방위의 집에 묵고 방위를 바꾸

　어 가는 것을 말함]로 인한 천황의 행차 때문에 바쁘게 쫓기다

　보니 생각하는 바를 전부 쓸 수가 없을 것 같아 아쉽기만 합

니다. 여행을 떠나기 전날 작별인사를 와준 날은 마침 미네도노[도후쿠지(東福寺)의 동쪽에 있던 후지와라 미치이에(藤原道家)의 별장]에 단풍구경을 하기 위해 젊은 사람들과 외출하였을 때로 나중에 이러저러한 일이 있었다고 들었습니다. 어째서 이런 연유라고 저를 찾지 않으셨던 것인지요?

【떠나시는 날을 알려주지 않은 원망 때문만은 아니지만 아쉬움에 눈물이 소매를 적십니다】

그 외에 내 쪽에서 '눈이 내리기 시작한다.'라고 읊어 보낸 노래의 답가로서는

【하늘을 어둡게 할 정도로 많이 내리는 눈을 바라본다는 말씀을 들으니 미야코에서 멀리 떨어진 여행지에서의 애상이 짐작이 갑니다】

라고 쓰여 있기에 이번에는 '떠나는 날을 못 들었다.'고 읊은 노래의 답가만을 아뢰었다.

【여행을 떠난 날을 알지 못하였다고 하시면서 스스로 무엇을 그리 원망하고 계시는지요】

물가에 넘실대는 세찬 파도소리

새벽녘에 편지를 전해 줄 인편이 있다고 해서 밤새 내내 잠을 자지 않고 미야코로 보내는 편지를 썼는데 특별히 마음속으로 의지하고 있는 언니에게 어린아이들의 일을 이것저것 쓰고 있을 때 여느 때처럼 세찬 파도소리가 들려오기에 지금의 현실을 그대로 적었다.

【물가에 넘실대는 세찬 파도 소리를 들으면서 혼자서 일어나 있으니 밤새 내내 흐르는 눈물도 닦아내지 못하고 편지도 잘 써지지 않는구나】

또 마찬가지로 고향에서 나를 그리워하고 있는 여동생인 여승에게도 편지를 보내려고 해초 조각들을 이것저것 싸서

【부질없이 해초를 꺾고 소금을 구우며 지내면서도 미야

코에서 친하게 지낸 당신이 그리워서 견딜 수 없습니다】

얼마 후에 이 두 자매의 답장이 있어 반가운 마음에 읽어보니 언니는

【편지를 보면 눈앞이 눈물로 흐려집니다. '물가에 넘실대는 세찬 파도소리.'는 저도 듣고 있는 듯한 기분이 들어】

라고 보내왔다. 이 언니는 나카노잉 츄죠(中将) 〔누구인지는 미상이다. 「中の院」은 교토 사가의 지명에서 따온 것이라 추정된다〕로 불리는 분의 부인이다. 지금은 남편이 삼미뉴도(三位入道) 〔나카노잉 츄죠의 현재 호칭임.〕라 하여 생존 중이지만 완전히 속세와는 멀어져 붉도수행을 하는 사람이다.

여동생도 나의 '해초를 꺾고 소금을 구우며.'라고 읊은 노래의 답장으로 이것저것 적었는데 '당신을 그리워하는 눈물은 미야코에서도 베갯머리에 바다와 같이 넘쳐 흘러서.'라고 우아하게 쓰고

【저도 언니와 같이 바닷가에서 산다면 오히려 소매에 파도가 밀려오는 일은 없을 텐데】

라고 보내왔다. 이 사람도 안카몽잉을 모셨던 사람이다. 다른 사람에게는 말할 수 없는 일이 계속 이것저것 쓰여 있는 것도 매우

사랑스럽고 재미있다.

그리운 미야코의 달

이윽고 해가 바뀌어 벌써 봄이 되었다. 안개가 자욱이 껴 아무
것도 보이지 않을 정도이고 산골짜기의 입구는 바로 옆이지만 두
견새의 첫 울음소리조차도 들리지 않는다. 옛날부터 친숙한 미야
코의 봄 하늘을 견딜 수 없을 정도로 그리워하고 있던 차에 또
미야코로 가는 인편이 있다고 알려주는 사람이 있어서 언제나 그
렇듯이 이분 저분에게 편지를 쓰던 중 '음력 열엿새 밤에 뜨는 달'
이라고 소식을 주셨던 분께

【어렴풋한 달이 떠있는 하늘은 미야코와 같은 봄 하늘이
건만 아직 들어본 적도 없는 파도소리가 밤마다 들려와
외롭습니다】

라고 종잡을 수 없는 말을 써서 확실한 인편을 통해 전하였더니

얼마 안 있어 답장이 왔다.

【미야코의 달을 언제나 잊지 못하며 익숙하지 않은 타지
에서 밤마다 파도소리를 듣는 당신은 분명히 잠들지 못하
겠지요】

안개 속 봄날의 달

곤츄나곤노키미(権中納言の君) 〔다메노리(為教)의 딸로 오미야잉(大宮院)을 모시는 사람〕는 오로지 와카를 짓는 일에 열중이신 분이기에 평소 연습 삼아 이것저것 써 두었던 와카를 모아서 보내드렸다. '바다가 가까운 곳이므로 조개 등을 줍기도 합니다만 나구사의 해변〔긴키(近畿) 지방의 남부에 있는 일본 최대의 반도. 기이(紀伊)지방의 와카의 소재가 된 명승지〕은 아니기에 마음을 달래지 못하고 역시 보람이 없는 것 같아서.'라고 쓰고,

【어떻게 하면 잠시라도 미야코를 잊을 수 가 있을까요. 언제나 파도가 밀려왔다가 부서지는 것처럼 저야말로 미야코에 대한 그리움으로 마음이 찢길 뿐입니다】

【지금까지 알지 못했던 해변의 산바람도 불어오는 매화

향기는 미야코와 똑같은 봄 새벽녘】

【화창했다가 흐려졌다가 하는 것을 바라보고 있노라면

불어오는 갯바람에 안개가 자욱이 낀 봄날 밤의 달】

【가마쿠라 해변에 불어오는 산바람 사이사이의 파도마저

미야코의 벚꽃과 닮아있네】

【미야코 분이 만일 저를 떠올려 주신다면 가마쿠라의 꽃

은 벌써 피었는가 하고 소식을 주실 텐데】

라고 붓 가는 대로 생각나는 데로 적어 서두르는 인편이라고 하여

쓰다 만 것 같은 상태로 보냈는데 이 역시 며칠 지나지 않아 답장

을 주셨다.

 '평소 걱정이었지만 이번 편지로 봄 안개가 갠 듯한 기분이 들

어서.'라고 쓰여 있다.

【갯벌에서 빈 조개를 줍는 것은 아닙니다만 가마쿠라로

가신 보람이 있어 무사히 미야코로 돌아오실 날을 진심으

로 기다리고 있습니다】

【비교해보십시오. 근심 걱정 때문에 개일 날 없는 저의

마음은 안갯속 봄날의 달과 같습니다】

【파도 색깔과 같이 온통 하얗게 떨어지는 벚꽃을 상상하
는 것만으로도 당신이 눈앞에 어른거립니다】
【가마쿠라의 벚꽃을 보아도 미야코의 벚꽃이 생각날 정
도라면 당신께서도 미야코의 꽃에 대해서 물어봐 주실 터
인데】

열병

　3월 말 경 어린아이들이나 걸리는 열병에 걸려 하루걸러 발병하는 것이 2번이나 있었다. 이상하게 멍한 느낌이지만 세 번째 발작이 시작될 것 같은 날 새벽녘부터 일어나 불전에서 법화경을 정성을 다해 읊었다.

　그 효험이 있었던지 흔적도 없이 쾌유한 바로 그때 미야코로 편지를 부탁할 기회가 있었기에 실은 이러저러한 일이 있어서라고 고향 집에 알리는 김에 평소처럼 그 곤츄나곤노키미에게 '타지에서 병에 걸려 어떻게 될지 걱정했지만 역시 굳게 믿는 불법의 영험인지 오늘까지 목숨을 연명할 수가 있어서' 라고 쓰고

　【만일 제가 죽어 화장의 연기로 바람에 휘날린다면 어느

　　누가 그것을 어부가 소금을 굽는 연기 정도로라도 봐 주

겠는지요】

라고 아뢰자, 곤츄나곤노키미는 놀라서 답장을 곧바로 보내셨다.

　【오랫동안 가도(歌道)의 길에 힘써온 당신의 공적이 없어

지는 일은 결코 없을 겁니다】

　법화경의 영험도 매우 존귀하다며

　【얼마나 믿음직한 것일까요. 『법화경』〔『妙法蓮華経』의 약

칭. 대승불교의 경전으로 석가모니가 최후에 설법한 가장 뛰어나 교설

(教説)이라고 일컬어짐〕 이 중생을 구한다는 것이 당신에게서

떠날 수 없는 벗이 되어준 것이겠지요】

라고 하셨다.

# 두견새의 울음소리

　4월 초 무렵 인편이 있었기에 또 곤노츄나곤노키미에게 '작년 봄·여름에 친숙하게 지낸 일들이 그리워서'라고 적으면서

　【미야코는 작년에 제가 보았을 때와 변함이 없겠지요. 늦은 봄에서 여름으로 옮겨지는 이맘때의 나뭇가지들도】

　【재빨리도 여름 의상으로 갈아입고 미야코 사람들은 지금쯤 산에 사는 두견새의 울음소리를 기다리고 있겠지요】

라고 보냈다.

　그 편지에 대한 답장이 또 있다.

　【풀도 나무도 작년에 본 것과 변함이 없건만 당신이 계시지 않기에 그때와는 전혀 다른 느낌이 들 뿐이네요】

그런데 두견새에 대한 질문에 대한 답가로

【다른 누구보다도 마음을 졸이며 두견새를 기다렸습니
다만 오늘에서야 겨우 2번 울음소리를 들었습니다】

사네카타(実方)츄죠〔헤이안 중기 이치죠(一条) 천황 시대의 가인〕가 5월
까지 두견새의 울음소리를 듣지 못하고 미치노쿠에서

【미야코에서는 두견새의 울음소리를 싫증이 나도록 들었
겠지만, 검문소 넘어 이곳에 있는 몸은 들을 수도 없어
내 신세가 처량하구나】

라고 하신 이야기가 있지요. 그것과 같온 에라는 생각이 들어 이
번 편지는 특별히 우아한 느낌이 들어서라고 써 보내 주셨다.

이럭저럭 하는 사이에 음력 4월 말이 되어 버렸는데 두견새의
첫 울음소리를 잠깐이라도 들을 수 있기를 기대했지만 들을 수
없었다. 사람들 이야기로 히키(比企) 골짜기〔가마쿠라(鎌倉)의 지명〕라
는 곳에서 많이 우는 것을 들었다는 소문을 듣고

【히키 골짜기의 두견새는 몰래 소리 죽여 우는 낮은 목소
리, 높은 소리로 하늘에서 우는 것은 언제쯤일까】

라고 혼자 생각했지만 그러한 보람도 없다.

원래부터 아즈마지는 오우우(奧羽) 〔미치노쿠와 데와(出羽)의 두 지방. 후쿠시마(福島), 미야기(宮城), 이와테(岩手), 아오모리(靑森), 아키타(秋田), 야마가타(山形)의 6개 현의 총칭. 현재는 일반적으로 동북지방으로 부른다〕 지방까지 옛날부터 전통적으로 두견새가 드물었을까. 전혀 울지 않는다면 그것은 그것으로도 좋고, 가끔이라도 들은 사람이 있었다고 한다면 상대를 구별한 것인지 애가 타고 원망스럽다.

자식을 생각하는 학

또 가토쿠몬잉 신츄나곤(新中納言)〔가토쿠몬잉은 츄쿄(仲恭)천황의 딸 기시나이신노(義子內親王)를 가리키고 신츄나곤은 그의 뇨보를 가리킨다〕이라는 분은 교우고쿠(京極) 츄나곤 사디이에(定家)〔후지아라 테이카(藤原定家)를 가리킨다〕의 딸로 아버지 데이카가 후카쿠사노 사키노사이구(深草の前の齋宮)〔고토바잉(後鳥羽院) 황녀 기시나이신노(熙子內親王). 쥰토쿠(順德)천황 겐호(建保) 3년(1215년) 11세로 이세사이구(伊勢齋宮)로 파견되어 죠규(承久) 3년(1221년) 사이구(齋宮)에서 물러남. 사이구는 천황이 즉위할 때 파견되어 이세신궁(伊勢神宮)에서 의식을 맡았던 미혼의 황녀나 황족의 딸을 말함〕를 모시도록 하였기에 출사한 채로 나이를 먹은 것이었다. 사키노 사이구가 가토쿠몬잉을 양녀로 삼으셨기 때문에 신츄나곤도 계속해서 이분을 모시고 있는 것이라고 한다. '괴로워 애가 타는 해초

따는 배〔『쇼쿠고센슈(続後撰集)』恋五에 「寄船恋」라는 제목의 민부쿄노스케(民部卿典侍)가 지은 노래〕'라는 노래를 읊으신 민부쿄노스케(民部卿典侍)〔「고호리카와잉 민부노쿄우노스케(後堀河院民部卿典侍)」라 불려진 가인. 사다이에(定家)의 딸로 다메이에(為家)와 동복 누이이다〕의 동생이시다. 그 정도로 유명한 가인의 후손으로 하찮은 노래를 읊어 다른 사람에게 듣게 하지는 않겠다며 필요 이상으로 신중하셨지만 멀리 타지로 떠나온 나의 일이 걱정인 나머지 마음에 와 닿는 애절한 사연을 적으시고

【헤어진 자식들을 생각하는 학처럼 자녀분들과 헤어진
　　당신은 타지에서 얼마나 괴로워하고 계시는지요?】
라고 편지에 이어서 노래가 아닌 것처럼 써져 있는 것도 다른 사람들보다도 진심 어리게 생각된다. 답장으로

【아이들을 위해서 집을 떠나왔지만, 아이들을 생각하면
　　너무 그리워서 견딜 수 없습니다】
라고 보냈다.

타지에서의 꿈

　그 답장을 하는 김에 고인이 된 남편이 타지임에도 나를 떠나지 않고 꿈속에 보이는 것을 이 분만은 마음에 사무치게 여겨 주시리라 생각하여 적어 보낸다.

　【고인이 된 사람을 생각하면서 잠이 들어 꿈을 꾸고 깨어난 마음을 미야코에 있는 당신에게 이야기하는 것도 생각해보면 멀리 떨어져 있다는 것이군요】

　【이 얼마나 헛된 것인가요. 타지에서의 꿈에 고인과 만나 깨고 나면 벌써 보이지 않는 그 사람의 모습인 걸요】

라고 적어서 보냈더니 또 억지로 인편을 구하여 답장을 주셨다. 그렇게까지 남에게 노래를 보이는 것을 꺼리시던 분이 이렇게 읊어주시다니 상황에 따라 다르기도 하시구나.

【아즈마지는 멉니다만, 고인의 꿈을 이야기해 주셨기 때
문에 가까운듯한 기분이 듭니다】
【이 세상에 남겨진 당신을 찾아 죽은 영혼은 어디에서 당
신이 계신 곳을 다녀가고 있는 건가요】
라고 읊으셨다.

아득한 저편의 흰구름

여름에는 이상할 정도로 미야코로 부터의 소식도 끊어져 무척 마음에 걸린다. 미야코 쪽은 시가노 우라나미(志賀の浦浪)〔비와코(琵琶湖)의 옛 명칭. 일본에서 가장 큰 호수로 면적은 670평방km. 위에서 볼 때 악기 "비파(琵琶)"처럼 보인다 하여 "비와코"라는 호칭이 붙음. 시가 현에 위치하며 교토, 오사카 쪽으로 흐르는 요도강(淀川)의 수원(水源)이다〕 근처에 소동이 일어나고 히에이산(比叡山)〔교토시 북동 방향과 교토부, 시가현의 경계에 솟아있는 산.〕과 미이데라(三井寺)〔온죠지(園城寺)를 말함〕 분쟁이 발생했다는 소문이 들리는 것도 한층 더 걱정된다.

얼마 후 8월 2일이 되어 기다리고 기다리던 심부름꾼이 와서 이전부터 쌓였던 사람들의 편지를 한꺼번에 읽을 수 있었다.

아들인 지쥬 다메스케가 50수 와카를 읊었다며 제대로 다듬지도 않은 채 보내져 왔는데 와카도 매우 능숙해졌다. 50수 중에 괜찮다고 생각되는 와카 18수에 표시를 해 두었지만, 그것도 이상한 일로 자식을 사랑하는 부모의 욕심일 것이다. 그중에서

【타지로 떠난 사람과 마음만은 거리를 두고 있지 않더라도 몸은 첩첩산중의 아득한 저편의 흰 구름처럼 멀어지고 말았다】

라는 노래를 보자 타지에 있는 어미를 생각하며 읊은 것이 틀림없다는 생각에 애절한 마음이 들어 그 노래 옆에 작은 글자로 답가를 보냈다.

【밤낮으로 왔다가 돌아가는 아득한 저편의 흰구름은 당신을 사모하는 나의 마음으로 비유할 수 있을까】

또, 같은 타향살이란 제목으로

【잠시 타지로 떠난 사람의 외로운 매일 밤을 헤아려 보자니 소맷자락은 눈물로 젖어버린다】

라고 있는 곳에도 또 답가를 덧붙였다.

【깊은 가을 풀숲에 귀뚜라미가 울고 있지만, 자식을 떨쳐버리고 타지로 떠나온 나야말로 우는 것밖에 다른 도리가

없다】

또, 이 50수의 와카 안쪽 여백에 비평을 덧붙여 썼다. 전체적인 가풍(歌風)을 적고 그 안쪽에 세상을 떠난 사람들의 노래를 싣고

【돌아가신 아버님께서 이 50수를 보시면 얼마나 기뻐하

실까 라고 생각했지만, 그 사람 대신에 나는 소리를 높여

울지 않을 수 없습니다】

라고 적어두었다.

지쥬(侍從)의 동생 다메모리도 30수 와카를 보내와 '이것에 비평하여 좋지 않은 부분은 삭세 표시해 주세요.'라고 쓰여 있다. 올해 16살이다. 제대로 된 와카처럼 우아하다는 생각도 들지만, 자식을 편애하는 부모의 마음 탓인지 정말로 쑥스럽다.

이 아이도 여행 와카에서는 나를 생각하고 읊은 것 같다. 사실은 아즈마지로 내려올 때의 일기를 이 아이들에게 보내준 것을 벌써 읽었는가보다.

【미야코의 사람들과 헤어져 후지산의 연기를 보았을 테

니 불안함은 얼마나 더 커졌을까요】

지쥬의 경우와 마찬가지로 여기에도 답가를 적어두었다.

【잠깐의 이별에 지나지 않더라도 자식을 생각하는 마음
은 후지산의 연기처럼 활활 피어오르는 것임을 알았습니
다】

그리운 하늘

또 곤츄나곤노키미(権中納言の君)께서 자상하게 편지를 써서

【당신이 떠나신 이후로는 와카를 주고받을 친구도 없어

가을이 되고 나서는 한층 더 낭신이 그리워져 혼자서 달

을 바라보면서 밤을 새울 뿐】

이라 적고

【아즈마지의 하늘이 그리워 당신을 떠오르게 하는 달빛

마저 남몰래 흘리는 눈물로 흐려져 잘 보이지 않습니다】

이 편지에 대한 답장으로 '저 역시 고향이 그립습니다'라고 적고,

【미야코가 아닌 다른 곳의 달을 보더라도 하늘을 그리워

하는 공통된 마음은 하늘에서 서로 통할 것만 같군요】

미야코로부터의 와카는 이후에도 계속 쌓여갔다. 또 계속해서

기록해 갈 생각이다.

장가(長歌)

일본에서는 천지개벽 한 옛날부터 동굴 문을 열고 흥미 있는 가구라(神樂) 〔신에게 제사지낼 때 연주하는 일본고유의 무악〕의 가사를 와카로서 들었습니다. 그 때문에 귀중한 선례로 여겨져 후대의 성대 (聖代) 〔성대(聖代)는 엔기(延喜)의 聖代를 말함. 즉『고킨슈』가 만들어진 다이고 천황(醍醐天皇)대를 염두에 둔 서술임〕에서도 와카를 무시하지 않았으며 와카는 본래 사람의 마음을 근본으로 하여 다양한 현상을 표현한 것이기에 귀신까지도 따른다고 하였습니다.

일본을 둘러싼 사면의 바다는 파도도 조용하고 하늘에 부는 바람도 평온하여 나뭇가지들을 울리지 않고 내리는 비도 사계절에 걸쳐 적당하였기 때문에 대대로 천황의 명에 따라 훌륭한 와카를 선별한 가집이 여러 권 있습니다.

그 중에서도 와카로 뛰어난 이름을 남겨 삼대에 걸쳐 이어진 가문의 자식에게 아버지가 특별히 물려주신 그 증거를 갖고 있으면서도 생각하면 혈통이 떨어지는 모친에게 원인이 있는 것일까요.

'이것을 근거로 조정을 섬겨라. 생계에도 보탬이 되리라.'라고 약속하셨던 스마(須磨) 〔효고현 고베시 남서부의 해안가. 백사청송의 스마 포구에 직면하고 아카시해협을 사이에 두고 아와지섬(淡路島)과 마주한다. 예부

터 풍광명미로서 아카시와 이름을 나란히 한다. 『겐지모노가타리』의 권명으로 스마로 유배를 간 히카루 겐지의 생활을 그렸다)와 아카시(明石) 〔효고현 남부의 지명으로 『겐지모노가타리』나 『니혼쇼키』에도 등장하는 오래된 지명으로, 어원은 아카시강(明石川)의 서쪽에 있는 아카이시(赤石)에서 따왔고, 밝다라는 의미의 아카시(明し)라고도 불린다〕 부근의 호소가와 토지에 가까스로 모자의 생명을 걸고 살아왔건만 그 영지도 횡령당해 지금은 겨우 육지로 올라온 물고기처럼 혹은 노가 부러진 배와 같이 의지할 데 없이 궁핍하기 그지없습니다. 그렇지만 자식 생각에 밤에 우는 학처럼 저는 울면서 미야코를 떠나왔는데 한낱 미개한 여자의 몸, 더구나 가마쿠라 막부의 정무가 바쁘시기에 예전에 제가 신청한 소송도 꽃봉오리 맺힌 매화와 같이 거론되지 않은 채로 4년째 봄을 맞이하였습니다.

앞으로도 돌아갈 수 있을지 없을지 모를 고향 집은 아마 처마 끝도 황폐해져 대체 어떻게 되어 버린 것일까요. 선조 대대로 내려온 자필 문서도 저대로 썩어버린다면 와카의 길도 쇠퇴해져 어찌 된단 말입니까. 이 일을 생각하면 저희 집안의 한탄만이 아닌 세상을 위해서도 한탄스러운 예가 될 것이 틀림없습니다.

앞으로도 죽은 남편이 남긴 유언장의 필적을 끝까지 위조라고 말하는 사람이 있다면 시비를 가려준다는 시모가모신사(下鴨神社) 〔교토시(京都市) 사쿄구(佐京区) 시모가모이즈미가와쵸(下鴨泉川町)의 시모가모신사(下鴨神社)〕의 신전에 금줄을 매달고 조금이라도 신의 뜻을 물어 보시지요.

도의(道義)가 문란해진 이 말세에 '쑥의 방해를 받아 대마가 자라지 못하게 되었다.'라고 지난날 집권자가 훈계하신 것을 막부의 신하가 잊지 않고 있는 이상은 왜곡된 것도 또 누군가가 바로잡을 것이 틀림없다는 것반을 믿고 이 한 몸 돌보지 않고 오로지 부탁 드릴 뿐입니다.

당시의 일을 듣고 있자니 그래도 그렇게 '아직도 남아 있는 부정을 처단해 주십시오.'라고 소송했던 사람에게 멋있는 판결도 났습니다. 그 사람과 나는 장원(莊園)도 같은 하리마(播磨)〔효고현 남서부〕 땅이며 게다가 같은 와카 가문의 혈통을 받았기 때문에 비록 이나미노(印南野)의 샘물〔와카에 읊어지는 명승지로 효고현 이나미노의 샘물〕처럼 일시적으로 마르는 일은 있어도 본래의 결백한 뜻에 따라 막힘없이 제 쪽으로 좋은 판결을 내주신다면 앞으로도 더욱더 가마쿠라 막부의 권위가 영원히 츠루가오카 하치만(鶴岡八幡) 신의 가호를 받아 대대로 번성할 것입니다.

가마쿠라 막부의 위세가 계속 이어지도록 기원하는 마음을 일본 고유의 언어인 야마토고도바(大和言葉)를 사용하여 오늘에서야 마음껏 읊었습니다.

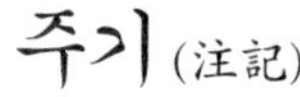

주기 (注記)

　이 장가의 '아직도 남아 있는 부정을 처단해 주십시오.'라는 부분의 뒷면에 이렇게 쓰여 있다. 후지와라노 도시나리(藤原俊成)〔헤이안시대 말기의 가인. 후지와라노 테이카(藤原定家)의 아버지〕의 딸은 양부 도시나리에게서 하리마의 고시베(越部)에 있는 토지를 물려받았으나 장원을 관리하는 관료의 방해가 심해서 당시 무사시노젠지(武蔵の前司)〔당시의 집권자 호죠 야스토키(北条泰時)를 가르킨다. 야스토키의 집권 기간은 겐닌원년(1224년) 6월부터 닌지원년(1240년) 1월까지의 17년 간이다〕님에게 특별한 소송이 아니지만 제출한 문서에 — 이것은 분명히 『신쵸쿠센슈(新勅撰集)』에 늘어 있을 줄로 압니다만, '제멋대로 부정이 만연하여.'라는 무사시노젠지의 와카를 본떠서 호소한 와카

【무사시노젠지 한 분만이라도 잃어버린 정의를 아신다면

　　아직도 남아 있는 부정을 처단해 주십시오】

라고 읊으셨기에 논의를 할 필요도 없이 21개조에 달하는 장원 관리의 위법 행위를 전부 금지하셨습니다. 도시나리의 양녀가 그 후에도 미나미노의 샘물을 지나쳐갈 때

【젊은 날의 잊기 어려운 아픔이 있는 것처럼 보이기에 미나미노의 샘물 옆을 지나가도 그림자라도 비춰보는 것은

그만두겠다】

라고 읊으신 것도 말년에 고시베에 살기 위해 내려갈 때의 와카입
니다. 『신쵸쿠센슈(新勅撰集)』에 들어 있습니다.

에이닌(永仁) 6년(1298년) 3월 1일 기록함

■▌ 우타타네 · 이자요이일기 ▐■

지은이

아부츠니 阿仏尼, 1222년?~1283년

가마쿠라중기의 가인(歌人)으로 출생년도는 정확하지 않다. 14세 전후에 안가몽잉
(安嘉門院)을 모셔 안가몽잉시죠(安嘉門院四条)로 불려 짐. 이후 후지와라 다메이에
(藤原為家)의 측실이 되어 다메스케(為相), 다메모리(為守)를 낳음. 대표작품으로는
『우타타네(うたたね)』『이자요이일기(十六夜日記)』『니와노오시에(庭の教え)』가 있다.

옮긴이

김선화 金善花

1969년 전남 보성에서 출생하여 목포대학교 일어일문학과, 건국대학교 문학석사를
졸업하였다. 이후 일본 나고야대학에서 문학석사, 문학박사 학위를 취득하였다. 전
공은 일본고전문학이며 여류일기문학을 중심으로 여성들의 자기표현에 주목하여
중세여성의 삶과 종교에 대하여 연구하고 있다. 현재 국립목포대학교 일어일문학과
조교수로 재직 중이다.

우타타네 · 이자요이일기

초판인쇄　2010년　9월　16일
초판발행　2010년　9월　30일

지 은 이　아부츠니
옮 긴 이　김선화
발 행 인　윤석현
발 행 처　제이앤씨
책임편집　조성희
등록번호　제7-220

우편주소　(132-702) 서울시 도봉구 창동 624-1 현대홈시티 102-1206
대표전화　(02) 992 / 3253
전　　송　(02) 991 / 1285
홈페이지　http://www.jncbms.co.kr / 제이앤씨북
전자우편　jncbook@hanmail.net

ISBN 978-89-5668-810-7 03830　　　　　　　　　정가 7,500원